本书献给陪我一起长大的女孩子们。

逸与寻

夏逸 —— 著

浙江工商大学出版社
ZHEJIANG GONGSHANG UNIVERSITY PRESS
·杭州·

图书在版编目(CIP)数据

逸与寻 / 夏逸著 . —杭州:浙江工商大学出版社,
2021.1

ISBN 978-7-5178-4032-9

Ⅰ. ①逸… Ⅱ. ①夏… Ⅲ. ①故事—作品集—中
国—当代 Ⅳ. ①I247.81

中国版本图书馆 CIP 数据核字(2020)第 155703 号

逸与寻

YI YU XUN

夏 逸 著

责任编辑	杨 戈
封面设计	雪 青
责任印制	包建辉
出版发行	浙江工商大学出版社
	(杭州市教工路198号 邮政编码310012)
	(E-mail:zjgsupress@163.com)
	(网址:http://www.zjgsupress.com)
	电话:0571-88904980,88831806(传真)
排 版	杭州朝曦图文设计有限公司
印 刷	浙江全能工艺美术印刷有限公司
开 本	880mm×1230mm 1/32
印 张	6.75
字 数	142千
版 印 次	2021年1月第1版 2021年1月第1次印刷
书 号	ISBN 978-7-5178-4032-9
定 价	30.00元

自序　烟火气

　　我热爱一切有浓浓人间烟火气的东西。旧时人家的围墙上极艳的乌饭花和雪白的小茉莉，父亲那个被无数人家的烟火熏过的墨斗，一张传了三代的睡着特别凉的竹席，老奶奶的红底子大团花被面上印着龙凤呈祥，做南瓜饼的那个木质的印花板子乌黑发亮，孩提时穿过的被妈妈压在箱底的小碎花棉袄，爷爷七十年前从景德镇带回来的画着青山绿水的小笔筒，院子里已经三十岁了犹自绿叶婆娑的桂花树，被红卫兵凿去一半人物的雕花门，都有着岁月的烟火气味，越老，越是耐看。

　　小时家里在大灶上烧饭吃。木质锅盖的缝隙里总冒着丝丝白气，飘出焦香的锅巴味，揭开盖子的一刹那，雪白的雾气扑面而来，真是难以描述的香啊。逢爸爸烧火，爸爸会把红得晶亮的炭火留在灶膛里，给我们煨番薯、玉米、土豆吃，被炭火裹住的食物，会有轻微的毕剥细响，香味也跟着蹿出来。剥皮的时候，真是小小享受，那些被炭火直接亲吻过的食物，焦、香、甜、脆，是食物中的极品。至今路过烤番薯的小摊儿，我仍要深深吸一口那香气才肯走。生日的时候，妈妈会在饭里焐两个鸡蛋，鸡蛋吸收了饭的精华，蘸少许盐花让我们吃得有滋有味。黄口无饱期,小时候总是馋,饭架子上除了菜,总有一些给我们解馋的小食,一把番薯干、几节新摘的豌豆、两片老南瓜,给零食匮乏的我们几多的雀跃。我也总和妹妹抢那片连着柄的南瓜吃,抢到了,撒点糖,跑到老远去吃。

大灶是我们眼里的宝藏,放了学回来总不忘揭开盖子看看有没有什么小点心。永远有惊喜,永远升腾着寻常百姓人家的柴米香。春天,煨着一锅细笋,如筷子那么长那么粗,煮好晒干,到炎夏时放在干菜汤里味道极美。清明到了,要在这大锅里和粉,炒馅料,再上架子蒸,青白二色的米粉馃子端然而饱满。端午节的粽子叶要在大锅里预先煮过,粽子则要焖过夜才好吃,那种叶子的清香是别致的。暑假里会有一只只老玉米粲然地在锅底笑,晚饭总爱弄一锅土豆干菜四季豆的麦疙瘩。秋天的糖炒栗子是难得的。最好的时光总是在腊月,煮瓜子的回香,炒花生的焦香,炸排骨的油香,煮猪耳朵的咸香……阴冷的腊月糅进这种种的香,回想起来竟是万般的温暖。

我总爱在锅台间看母亲忙碌着弄吃食,扔几根粗柴火进去,马上又起身看母亲放佐料。对这好闻的烟火气的迷恋使我很小就爱上厨房,那是一个家的灵魂地。第一次掌勺才十岁,脚底垫个小凳子,挽挽袖子就上阵,南瓜、土豆、干菜汤,居然也被我煮熟了。惹得地头晚归的父母惊诧不已,那份小小的得意至今仍记得。

从小就胃口不大,不爱吃饭。可是这大灶里烧出的锅巴,我一定要吃撑为止,中间夹上干菜,焦香咸脆,真是人间美味。饭后往往抓一大块在手里,边吃边玩去了。那时家门口还是大片的田野,春天的傍晚,最爱在紫云英地里躺下,嘴里咬着锅巴,看四处的白色炊烟袅袅升起，空气里浮动着各家各户的饭菜香，大人们喊晚归的孩子吃饭的声音此起彼伏，那个村里放牛的老爷爷必定在此时牵着他的牛提一捆青菜悠然地回家，这是多么有人间烟火气的一幕啊！可惜近年回去，紫云英已经绝迹。家家也鲜见大灶的踪影，都拆掉了。用高压锅煮出的菜，总觉得烂熟、寡淡，一如我们快餐时代的万人相亲大会，虽快速、高效，却失去最初的心动和忐忑。而那忐忑，恰是爱情里最甜蜜的最初，一遍遍地揣测：他喜欢我吗？真的喜欢我吗？这样的甜蜜与惆怅，省去中间的等待，就滋味尽失。

　　搬进小城以后，浅窄的厨房也时有热气蒸腾的景象。回家一推开门，家的温暖散播在家常菜的气味里，满满当当的。阳台上的小炉子取代了大灶，总炖着东西：排骨冬瓜、母鸡蒸黄芪、银耳莲子羹、红豆汤、绿豆粥，还有父亲的中药天麻鸽子汤。春夏之交总会咳嗽两声，母亲买两扎金花公炖鸡蛋，加两颗红枣，掩去药材的苦涩，三碗下去，不仅药到病除，还胃口大开。无事我总爱捧本书在小炉子旁看，闻着形形色色的气味，阅读仿佛也活色生香起来。周末心血来潮就拿个小勺子，在小炉子上煎蛋饺，这是个细活，蛋饺的皮薄才好吃，因为薄，所以脆弱得很，如我们青涩的初恋呀，一点半点差池就毁了，再回不去。小心煎至金黄，薄薄的蛋皮几乎透明，还看得到里面的馅。只只小元宝，饱满圆润。三鲜里蛋饺是主角，没有蛋饺就索然无味了。做蛋饺是我的小消遣，这看起来是很闷的过程，其实我只是等待蛋在勺子里滋滋地凝成薄片的那个香气四溢的瞬间，深吸一口，真是美。

　　小城里最有烟火气的地方，大约是黄昏时分的菜市，后门有条小街,近郊的农民们挑着些自家的菜来叫卖,也有业余的渔民抓些小鱼小虾泥鳅来摆地摊。小食车也多在此时出动,活喜蛋的香有点诡异,五香豆腐干香,还有小串麻辣烫、出炉的干菜饼、荷叶鸡、蜂蜜糯米莲藕、现烤的蛋卷,香气浓得化不开。街边的水果店兼卖炒货,有新炒好的年糕干。总有一个很精神的老奶奶搬把小椅子在大锅前炸麦花卖,麦花这两个字取得这样的乡气而温暖哪。明记饼店的小饼儿有红豆沙和绿豆沙的馅,刚出炉的时候上面撒了黑芝麻,亦是别样的甜香。下班总爱借道这条小街慢慢踱回去,在热闹的街市中我安然地行走,不时停下来买点小东西带回家。

菜场好似是女人的地盘,淑女悍妇都可以在这里遇到,少有男人来买菜的,夫妻俩一起来买的就更少。偶尔遇到过一对,却是夕阳无限好的年纪,分别拎一捆青葱和一条鲫鱼不紧不慢地走,看得我心里异样的温暖。不食人间烟火的高贵爱情落了凡尘,总要在这柴米油盐的居家小日子里安稳落地。多年的青春,换一个同上菜场的老伴,亦需要莫大修为与福分。多少夫妻,不外是在这琐碎中弄丢了爱人。所以,还相爱的时候,一定要记得做饭给他吃。男人肯买菜是难得的,若肯下厨,那无论如何都不能算一个坏男人吧。围起围裙为妻小做一桌子菜,哪怕爱情已经走远,这稳妥的亲情就在一日三餐里且生且长吧。

双双去菜市场的小夫妻,每每遇到,都是欢喜的。如此平淡安然的流年里,我们一起在暮色苍茫中携手买一把小菜回家,市井生活中热腾腾的烟火气,才是婚姻里最长远不散的味道吧。于是甘心了,万家灯火里有一盏是为我们而亮的呀,做一个低眉俯首满心欢喜下厨的小女人吧。那染上身来的烟火气,是多么的美好安详,这不正是传说中的岁月静好、现世安稳吗？而我们竟得到了。等我们垂垂老去，所有的不过是回忆。而我们一生的回忆，注定由这些熟悉的气味来引领。

年岁渐长，每每回首当年那些单纯的人们单纯的感情，也都有了新的感悟。那时我们还没有微信，没有网红，也没有汹涌而至谈恋爱的套路。时光荏苒，我们会为心爱的人儿写信，寄明信片，会写长长的博客记录点滴。我们最初的纯真年代里，这些鸡毛蒜皮的小情小爱，我原以为不值得书写记录。等我走过十一年跌宕的婚姻，才惊觉，这些小情小爱，正是烟火人间最动人的部分之一。年轻时候飞在天上的梦想，已经差不多被淡忘。是什么支撑我们活过沧桑，拥有坦然面对未来的勇气？我想那便是我们心中最初的爱的光芒吧。

或者我们很幸运，在这烟火人间相依相守；或者我们早已离散在人海，匿踪迹于江湖；或者我们兜转几十年终于学会释然和忘却；或者我们来不及说出口就已经天人永隔；或者我们只能隔花相望，却没有机会再道一声早安。当日美好如星辰大海的心头人何尝不是今日街头擦肩而过却浑然不觉的路人。读完这十二个初恋故事，亲爱的人儿啊，愿你，得到的都欢喜，得不到的都释怀。

目 录

卷一

豆蔻春余 未知浮云是此身

风荷不语

安憩在我心里,一直是一朵半开的白荷,遗世独立地自顾自地优雅。

二十岁的初夏,校园内的凝碧池里已是一派生机,我们的书法教室就对着那一池热闹挨挤着的小圆荷叶,风吹过有万点翠生生的涟漪。夏日燥热,凝碧池边的书法教室可令人生清凉意。我不光练字,也看些陶渊明的"少学琴书,偶爱闲静,开卷有得,便欣然忘食"之类的句子。他归隐庐山脚下,而我的隐地就是这书法教室。这里安静,除了周末书法课,平时少有人来。我可以躲避很多奇异的目光看点书。

那时我尚不知斜对面的桌子就是安憩的,她的衣服永远如黑白电影,素净得只有黑白灰。还好她有桃红柳绿的青春,布衣素服依然掩不住光华。她也常来这里练字,像黑白默片一样,在那独自写她的行草,画她的梅兰小写意,从来不和人多说半个字,成熟得不像二十岁的女生。女生们在我眼里一直如荷塘里叽叽呱呱的青蛙一般,但她改变了我的看法。看得出她不是故作高深的,她天生的沉静和她的名字一样,让人觉得亲切、安静、心凉如水。我们天天见面,谁也没有主动开口。我不认识她,她也不认识我。我们都在投入地做同一件事——练字。书法可以让我收获一颗平静的心,所以我爱待在这里。

关于安憩的点滴,全部来自夏欣然。欣然张狂,乖张,我行我素,视一切规章制度为粪土,是班里的反叛,每个周末的自修课都爬墙出校门玩。她是怎么和沉静内向的安憩变成莫逆之交的,我无从知晓,只知道她一不开心,就去隔壁班找安憩,头靠着她肩膀睡一会儿觉,回来就好了。

夏欣然是我的琴友,我们在同一个老师那里学古筝,只有我一个男生,而我又是弹得最好的一个。夏欣然说我孤傲,脾气古怪,倔强,自私,是个不折不扣的混蛋。但是她又说:"我只和有个性的人做朋友,扔在人堆里找不到的我才不稀罕。"于是我这个一堆缺点的怪人就很荣幸地被欣然当作朋友。

仔细算算,她是我走得最近的一个异性朋友。因为她很容忍我的坏脾气,她说我的肝火旺,脾气不好是正常的。我的肝非常不好,家族遗传给我的病,我得天天吃一堆奇怪的药来维持它的正常运转,因此瘦得和竹竿一样。欣然总是很正经地打趣我说:"今天有台风,当心点,躲屋子里别出来。"胆小的同学们纷纷远离我,怕传染。只有欣然觉得他们大惊小怪,于是我们走得很近。欣然在我眼里根本没有性别,年少的我们都一般的狂妄,一般的无畏和玩世不恭。

安憩常常被欣然挂在嘴边,她好像身上天生就有着神奇的治愈力量,能让青春期看谁都不顺眼的欣然同学什么都不说,靠一会儿就内心平静。这对对任何人都不屑一顾的欣然来说是个奇迹。

久而久之,我对她挂在嘴边那个神秘的安憩产生了兴趣,是谁有这么大魔力能让不羁的欣然心悦诚服?

那时我并不知道,安憩就是我每天在书法教室见到的那个黑白片女生。记不清是哪一个晚上,夏夜的凉风将她的作品吹到我脚下。我俯身拾起,被那一纸潇洒大气的行草深深吸引:"诸恶莫作,众善奉行。"我以为女生只会写写柔媚的赵体。这样的行草足见她是个胸中有丘壑的人。细细看完,我发现落款就是"安憩"。那时觉得人生真是何处不相逢啊,这就是欣然天天挂在嘴边的安憩。原来我们天天见面,却不曾有只言片语的交流。我把作品还回去的时候忍不住赞了声:"写得真好。"安憩面色微红,说见笑了,随手把作品放进书桌。她的眼睛像一潭静谧的湖水,空气静默着,似乎可以听到窗口小荷绽蕾的声音,还有我们扑通扑通的心跳声。二十岁是个敏感的年纪,我没有和异性单独打交道的经验,欣然只是一个任性的小孩,我甚至常把她当男孩子看。对着安憩这样的女生,我选择沉默,因为我不知如何开口。

从此我的心里就有了一个素白的影子,无声地潜入,如一朵风中无语的白荷,等我惊觉它的亭亭玉立,它已成了我青春岁月里的心事。我把这心事包裹得很好,如一个结实的蚕茧,密不透风,没有人知道我的目光追随着谁。

在同龄人里我如欣然所说,孤僻。少年丧父和一身的疾病让我意志消沉,离群索居。只有跟欣然走得近一些,可是连她,我也不打算告诉。这是我沉默的感情,静水流深,与任何人都无关,与勇敢或卑怯无关,只是我独自跌跌撞撞在成长。我静静等着它,等着它褪去最初的青涩,渐渐饱满,在最好的季节,盛极而放。等我变得足够成熟和健康,我才可以打开这个秘密。可是此时,我只能选择远远地望着,默默地喜欢。我不知道有多少人在年少时拥有过这样沉默的感情。她给我带来希望,让消沉的我开始直面自己的人生。

听欣然说安憩是个琴痴,常常去听她弹琴。于是我一遍遍地操练琴曲,练得十指生了水泡甚至结成厚实的老茧,终于弹得如行云流水一般娴熟。内心小小的希望便是安憩路过的时候,可以听到我弹琴。

我也越来越爱到书法教室去练字,对着她素白的侧影,那最后收的一笔常常会因为心跳而抖坏。我不动声色地重新写过,心里却满是相见的狂喜。她有时带着普通话考试的材料来低声诵读,如山涧清泉叩响心门。偶尔的四目相交,她会朝我笑一笑,那么我一整天心里都是满满的小雀跃。

暑假临近,马上要考级了,高傲的欣然忽然没了信心,越接近那个考试的时间就越害怕。她有考试后遗症,怕到时脑子一片空白,什么谱子都忘光光。而她的琴技也不进反退,一首《高山流水》被弹得惨不忍听。我说她:"你的唐诗宋词都读到哪里去了,行云流水被你弹成战台风了。"她本来是听惯我的嘲讽式的鼓励的,那天忽然就真的哭了,大嚷:"我就是弹不好啊。"我也觉得过意不去,就坐下来教她。女生就是这样忽晴忽雨的,她在旁边安静地听。我示范了几遍,一个音一个音给她讲过去。总算有点起色了,我长舒一口气。回头却发现安憩在门口不知多久了,欣然说:"你怎么在门口站着?"

她说:"我怕打扰你们练琴,我在这里听听就很好。"欣然把她拉进来,让我弹一支给安憩听。反正我早有准备,也不推辞客套,就信手弹了一支《高山流水》。一曲完了,她指着欣然笑说:"可比下去了。"欣然说:"我本来就不是好的,他是我们老师的得意门生。今天你可来巧了。平时他小气得很,从来不随便弹给人听。"我在旁边只有笑的份。三人说笑间已是晚饭时分,欣然就拉我们两个出去吃饭。

那是我们仨一起吃的唯一的一顿饭。穷学生,每人一份快餐,比食堂的略强些而已。那是一个很小的饭馆,却很安静。年深日久,早忘记当日聊了些什么。反正有欣然在,我们只有坐着听的份,安憩偶尔插嘴,声音是清澈而甜美的。

那顿饭以后我们算是正式认识了。我也约略知道安憩的小写意画得很不错,她却从来不张扬,她的作风一贯低调。她也喜欢诗歌,喜欢李白苏轼,难怪她的行草写得如此潇洒。她对人对事都非常认真,功课也用心,从不偷懒。日子流水一般地过去,我们在路上遇到开始打招呼。她温柔的微笑像水一样流过我心,那些被世俗伤害后留下的疤痕于是有了一些温柔的抚触。我开始朝别人微笑了,连欣然都说我最近脾气变好了,不再咄咄逼人了。

我在没有勇气爱人的时候爱上了安憩,我想等我勇气齐备时就可以表白了。却不知这场相遇已是太迟太迟。她没有留下一句话,也没有任何征兆,进了中医院的急诊室就再也没有出来。我天天和欣然去看昏迷状态下的安憩,那四周冰冷的白色让人心生恐惧和绝望。她合目而睡,安稳得像什么也没有发生一样。维系生命的是一堆仪器和管子。医生说只能尽人事,命有命无要看天,希望渺茫。

她的神情像极了一朵早开的莲花,纯洁,安宁,却在这初夏的暴雨中不得不早早凋零。欣然每次都哭得走不动,由我扶着回去。我用尽全身的力气才把她扶住。那些夜晚的秒针走动的声音犹在耳畔,我听时间一秒一秒地流逝,希望奇迹出现。我希望她会从床上起来,安然无恙地画梅花竹子。三天以后,她离世。刚好是我们毕业考的日子,她就这样无声无息地离开了我们。

等我们忙得人仰马翻地毕业时,安憩已在家乡青翠的山间安身。我和欣然照同学录上的地址找到她的家。她妈妈把我们带到新修的坟前,我终于可以不必掩饰地泪如雨下。

过去八年的假期我是个浪迹天涯的独行侠,在甘肃的大漠孤烟里,在内蒙古的莽莽草原上,在壶口滔滔的黄河水边,在乌镇斑驳的石板路转角处,我都带着心里那个素白的影子同行。我享受这些独处的时光,心中有你,并不孤独。年少的青涩褪尽,我已然是一枚成熟的果子,却失去了最初最希望来采摘这成熟的人,那个令我黯淡自卑敏感的二十岁瞬间光芒万丈的你啊,这样惊鸿一瞥地路过我的生命,又这样乘风驾云而去!

今朝的暮色与微云,多么像八年前我们初遇的傍晚。这么多年过去,我依然可以从夏日荷风送来的香气里捕捉到,那依然也永远是我生命里最迷人的清香。

2008 年初夏写于诸暨

后记:每逢雨后初晴的薄秋,天边总有微红的鳞片云,令我想起你走的那一刻,满天都是这样粼粼彤云浩荡而过。辗转半生,从别时痛苦不能自持,到如今心底仍有牵念,你我一别已二十年整。

你我识于微时,你天生的谦和、忍耐、温柔、沉静,仍是我半生修炼的目标。你题于我纪念册上的"诸恶莫作,众善奉行"字迹仍新,午夜梦回时你的音容笑貌宛如你从未归去。茫茫人海中,当然我也有很多好朋友,可我总会怀念我与你吃一份快餐时的安详默契。近年来,我的乖张、孤僻和坏脾气多有收敛。当我做不成某件事想半途而废的时候,就会想起你,马上觉得此生每一日都是上苍恩赐而来,要把每一天都当成最后一天那样活得尽兴才好。二十年生死两茫茫,我不晓得自己是不是活成了年少时自己所痛恨的圆滑世故的模样。而每一年的风荷亭亭之日,秋风乍起之时,我都会想起你温柔的微笑。想来你一切也都安好吧。今在钱塘江边安身,置琴一张,音色甚佳,《阳关三叠》这个送别的曲子亦能弹上半曲。半生牵念,收录此篇为开卷首篇,是为纪念十八年华仙逝于诸暨的朱梅芳姐姐。

2019 年 12 月 28 日于钱塘云庐

薰衣草渡

一、燕眉和蕊生

五月,林荫小路上弥漫着新生果子青涩的香,像燕眉青涩的年纪,十七岁,一切都在暗自蓬勃地孕育着。初生的果子表面总有一层薄薄的白霜,稚嫩中有一种诱人的香味,燕眉总忍不住想伸手摸摸。这条路偏僻,在教学楼的后面,一边靠着山,窄得可爱,少有人走,因为不是捷径。燕眉惯常走这条路回宿舍,可以独自一人,会有山上的虫鸣鸟叫传来,还有穿过枝叶的斑驳阳光一块块地跳跃,燕眉愿意独自享受这样静好的时光。学校里逼仄的宿舍要住九个人,教室里有四十五个人,食堂有几百个人,处处是喧闹的青春,这片刻的静谧多么难得。

如果那个初夏的早晨,燕眉不走那条小路,或许就会错过蕊生吧。蕊生,十八岁,燕眉的学长,穿件小白T恤和一条靛蓝的牛仔裤,和燕眉一般高。他们在路上遇见了,路只能容一人通过,燕眉没料到也会有人走这条小路,感到小小的诧异,连忙侧身相让。蕊生亦停下来,微笑着示意她先走。燕眉呆了一下,侧过身子走过。

蕊生也是腼腆的男孩,第一次和女生的距离不足二十厘米,心扑通扑通跳个不停。蕊生身上有极淡的薰衣草味道,只是一点点而已,但燕眉对这个味道好像特别敏感,一点点也嗅得出来。燕眉不敢回头看这清俊男生,匆匆逃去。

二、燕眉与瑾成

那穿件小白T恤的蕊生,长得眼熟无比。记忆的碎片像暴雨来袭,是啊,多像傅瑾成,眉目、气质,无一不是瑾成的模样:一般的白衫子,一般的狭长丹凤眼,一般的孤清腼腆神色。燕眉不许自己再往下想,匆匆逃回宿舍,惊天动地地连打五个喷嚏,一夜无眠。

傅瑾成,像一个蒸发在空气里的水分子,已经失去讯息。中考结束,他的志愿表是母亲来交的。一毕业他就与所有同学断绝来往,听说甚至搬了家。谁都不知瑾成去向,何况瑾成一向目无下尘,交好的同学甚少。燕眉坐瑾成的后面一年整,一次对话也没有过,但是燕眉知道瑾成是同类,都是离群索居的人,喜欢独自歌唱,喜欢冷眼看人,喜欢安静写字。

年少的时候,总是喜欢以另类的方式来表现自己的与众不同,来保护自己脆弱的自尊。瑾成的衣裳永远干净,衬衫领子雪白,有特别的清香,不似其他住校男生的邋遢相。他也爱打球,在球场上身形轻盈灵动,但是绝不吹口哨或击掌,半个花哨的动作和博人眼球的神气都没有。燕眉在三楼遥望下去,依然可以嗅出他的傲气与不群。瑾成功课也很用心,绝不偷懒,笔记记得和字帖一样。

然而世上的事,付出和收获对等的太少太少。你越在乎,越认真,越容易被它所伤,并且痛苦地失去。瑾成中考败北然后离奇失踪,燕眉更多的是焦心,那眉间微蹙的少年啊,你在他乡可好? 燕眉记得从同一间考场出来时瑾成孤单清瘦的背影,这令燕眉的十七岁从此不得安生。无数次,在这个热闹的校园,瞥见人群中的一个相似的白色背影时,心会突突狂跳,想遇上,又怕遇上。这样纠结着,就像夏天的狂风暴雨和灼灼烈日一样交替折磨着。

此后每天傍晚,燕眉依旧沿着这条小路回去。那个有着很淡薰衣草香味的蕊生,燕眉直到毕业都不知道他的名字,想见到,又怕见到。人生处处都是这样两难的选择题。燕眉无数次幻想他是瑾成的亲戚,或者,有机会打听到瑾成的下落。哪怕没有任何关系,看到一个相似的眼神,也是好的。人年轻的时候就是这样的,会身不由己地跟着感觉走,做一些看起来很傻的事,但是乐此不疲。

三、蕊生和燕眉

当日蕊生回首望着这个匆匆掩面逃去的女孩子,心里有怪怪的亲近感,不知是不是那不足二十厘米的瞬时距离的缘故。碎碎的头发短得似男生,精致小巧的五官掩不住落寞神色,眼睛里装满不安,个子很高,瘦得让人心疼。粉红细白条子的棉布裙这样飘逸,一眨眼工夫就不见了。不知道为什么,蕊生竟有些恋恋不舍,眼光都收不回来,待在原地半晌。细心的蕊生决定关注这个跑起来飞快的女孩子,从别人那里得到的评价是,这个女孩很傲,喜欢独行,和人很少有超过三句的对话,成天在图书馆,偶尔写点小文章发表在小报上,语文老师是喜欢她的,但是全体数学老师都知道她会在数学课上看《红楼梦》,而且从桌子底下看到桌子上面浑然不觉。

蕊生忽然舍不得这个女孩子离开自己的视线，但是这样性格的人难以接近，因此蕊生一直只在远处看她，天天走小山上的那条路，一直看着燕眉走过下面那条路，才离开。蕊生亦是内向的人，只懂得用这样的方式来表达。室友亦奇怪：怎么最近蕊生没事老去小山浪费时间？一个人发什么呆呀，高中里的时间多么金贵，谁有时间发呆散步？

所以燕眉一直没有在路上遇见蕊生，日日都在同一时间经过那条路，这路上连一丝半点蕊生的痕迹都没有留下。从头到尾，蕊生就像是一个泡沫蒸发了，和傅瑾成一样。有时燕眉甚至疑心自己看错了。离群索居日久，燕眉在自己的小世界里安然度日，天生的腼腆，没有向人打听一个陌生人的习惯，也不懂怎么问。怎么向人描述呢，一个穿白T恤、蓝牛仔裤的男生吗？学校遍地都是。于是静默着，等蕊生再次出现，满满的心事像爬满整面墙的爬山虎，到处是嫩生生的触角。但是这静默的等待里，燕眉知道，空气有些不一样了，一定会发生什么，一定。

果不其然，燕眉某日从图书馆抱着书出来，一路走一路看落叶的时候，冷不防发现，已是薄秋了。燕眉感叹着。这连日的重感冒闹得头昏沉沉的，燕眉一头撞上了蕊生，满怀的书撒了一地。蕊生连声道歉，帮她收拾一地的书。燕眉不敢靠得太近，怕眼睛会出卖自己，只好站开一些。蕊生见她远远地似乎防备自己使坏的样子，十分羞涩，急忙收拾好。燕眉看他神色，知道是误会了，刚想解释，鼻子痒痒的，怕是要打喷嚏，拼命忍着，不让它们出来搅局。第二次见面，又以燕眉急急的退场告终。

　　青春总是过得这样快,在你以为时间还多得数不过来的时候戛然而止。燕眉在学校里只见过蕊生这两次。蕊生虽暗地里见过燕眉无数次,甚至知道她的学号——从她的水壶上偷看到的,但是终究没有勇气去找她,没有勇气从树荫后面出来。蹉跎着,时间就流去无痕。到了分道扬镳的时刻,大家各奔前程。这一页,就这样翻过去了。

　　之后蕊生被保送上北方的大学,从此和这个江南小城的距离是以千里计。可是在蕊生的心里,总是有这个粉白清瘦的影子,跑起来和一只小鹿一样轻巧的女生燕眉。流年易过,燕眉呢,依旧活在自己的小世界里,有一份安稳的工作,不乏味,也不有趣,日子稳稳地滑去,波澜不惊。偶尔的梦里,还是分不清谁是蕊生,谁是瑾成,根本就是同一个人。

　　后来燕眉在薰衣草香里寻到了瑾成的痕迹,就买了好多,泡起来,也不喝,就是闻那种味道,熟悉而遥远的味道,青春里经过的人,总是这样难以忘怀。燕眉亦不打算忘记。留一份牵念吧,这有什么不好?每年的平安夜,燕眉会去教堂,在上帝的像前颔首低眉许一个愿心。

四、瑾成与燕眉

　　傅瑾成和燕眉的离别有七年之久。这七年里,不是没有人喜欢燕眉。只是燕眉每每会追问对方:"喜欢薰衣草吗?"人家还以为她古怪。其实她只是想找到一点和瑾成相似的地方,哪怕一点点。这些无疾而终的感情,没有了青春里熟悉的味道,让燕眉总是提不起劲头。去咖啡馆,她往往点薰衣草奶茶,有的厨师不会做,燕眉会仔细告诉他们做法。这奇异的香味，不是谁都受得了的。侍应生总觉得这个眼神黯淡的女子古怪得很，偏要点单子上没有的茶水。

七年中，每次看到一个相似的背影，燕眉就不由自主地一路跟随，忘记了路，直到最后跟丢，才发现自己在做傻事。同学会一夜之间流行起来了，每年都有热心的人卖力地组织，散落在茫茫人海中的老同学都忽然靠一串串手机号码聚集起来。拿到瑾成号码的那夜，手机只剩最后一格电，充电器也找不到，燕眉只好发了一个短信："你还记得坐你后面的那个人吗？"刚发完，手机就自动关机了。

燕眉忐忑的心悬了一夜，第二天一早就去买了新的充电器，迫不及待地开机，诺基亚的开机铃声从来没有这么动听过。一开机，显示有五个未读短信，燕眉的手心全是汗。"我记得，燕眉，是你吗，燕眉，你在哪里，你好吗，你睡了吗……"燕眉积蓄已久的泪，哗哗地流下来。原来，他是记得的。这七年的离别的泪呀，终于找到出口。

那是记忆里最美的秋天吧。林荫道旁的法国梧桐树叶已经变黄，早起去上班的时候，燕眉会驻足看那片摇摇欲坠的叶子落完，然后告诉瑾成：落叶了，又是一年薄秋。所有的短信，都没有删掉，手机都爆满了。可是燕眉只敢诉同学间的离别情，其他的，还是藏起来吧。不能说，不能说，一说就是错呀。

瑾成的耐心一向好过常人，于是大家都发无关痛痒的消息。瑾成说，正路过城市广场，看到一群归家的鸽子。听到陈奕迅在唱《十年》，就去网上下载了来学。隔壁桌的女同事也爱穿粉白的棉布裙子，和七年前的你一样。凡此种种，都写得和诗一样。七年前的青葱记忆复活了,燕眉好似看到那个在球场投三分球惹得女生尖叫的瑾成,好似看到自己对着他背影做物理题的下午,好似看到他新转来的时候一声不吭地走到自己前面那个座位的样子。原来一切都蛰伏在那里,等着一个出口。

一个月以后,瑾成忽然发来消息说:我唱歌给你听吧,新学了一首歌。燕眉从来只敢发发短信,如年少时的情书,不敢听声音。经典的诺基亚手机铃声响起,来电显示"瑾"。燕眉跑出办公室,到安静的梧桐树下,按下接听键:

"我等着见你一面等过这些年

我想要从从容容说声好久不见

我一厢情愿认定你都不会变

那一年那个春天

我想要说的全都写在眼里面

我也曾想过一切可能沧海桑田

风影缠绵穿过长发谁的思念

见过的你走得那么远……"

这歌词像是为他俩量身定做的一样,燕眉听得怔怔的,什么都说不出口,只有泪流了一脸。瑾成在那头说:"好听吗,燕眉?"燕眉被这个遥远的声音惊醒,职业生涯练就的伶牙俐齿都派不上用场,只会说:"好。"

从那以后,瑾成每学会一首歌,都会打来电话唱给燕眉听。这世上完美恋情的桥段,不过如此吧。谁都没有开口说爱,但是分明都在甜蜜的爱情里沉迷着。乏味黯淡的职业生涯,有了这样美如天籁的歌声,日子过得又轻又快。燕眉日日失眠的脸上,开始神采飞扬。

十月底的秋风带着肃杀之气来临。在另一个城市，也是瑾成的城市，不知道有什么样的秋色呢？燕眉忽然兴起，买一张车票就跳上了车，去寻访瑾成的城市，那里的街道、人行道树，会有瑾成留下的些许痕迹吧。

去瑾成说的那个城市广场走一走也好。燕眉不过是平常的女子，算不上漂亮，也不够自信，唯一的长处，是瘦和高，在这个以瘦为美的年代，燕眉骨感得恰到好处。穿上最喜欢的裙子，系了黄绿渐变色的小纱巾在颈间，小腰仅是盈盈一握，对着镜子化起生平第一次妆，其实就是上了点橘色的唇彩。这是燕眉等待七年的一个人的约会，总要隆重一些。是的，一个人的约会。燕眉没打算去叨扰瑾成，也没有那份自信去见他。从小，燕眉就是腼腆自卑的孩子，根本不懂得怎么与人相处，怎么取悦于人就更是一窍不通。她永远只是远远观望的那一个。何况怎么和一个七年没见的人开口聊天呢？燕眉没这样的天赋。

在古色古香的步行街游荡，燕眉每到一处，都会想：瑾成来过这里吗？终于来到城市广场，瑾成说过每天上下班都会经过这里的。燕眉绕着广场散步，下一个路口，瑾成会出现吗？燕眉像十七岁时盼见蕊生一样，怕见到，又极想见到瑾成，只要远远地看上一眼，就不负此行了。伫立在百年前的白塔之下，燕眉忽然想起压住白素贞的雷峰塔，也压住了半世的牵念呀。这白塔下一定也留下过瑾成的影子吧。

傍晚时分，出来散步的老人多了起来，此起彼伏的吴侬软语，燕眉沐浴在夕阳最后的光辉里，希望自己在晚年也可以如此安详地散步。不要这么多的选择题,不要这么多的离散,不要这么多的错过和不敢。电话响起。

"燕眉,你在哪里?"

"我在散步。"

"我刚加完班,有奇异的感觉,好像你就在我身边,燕眉,我想抱抱你。"

燕眉被吓得不敢说话。

这时旁边的老爷爷急急追赶一个幼童,大声喊着:慢丢跑,要跌高格呀。电话忽然挂了,燕眉正纳闷,原来是电没了,自动断掉的。也好也好,这样不用继续撒谎。燕眉在白塔下休息,想着去哪里吃晚饭比较好。一手靠着栏杆,舟车劳顿,竟盹着了。睡眼惺忪之间,看到一个白色的影子,燕眉以为是做梦,这个折磨她多年的白色影子,一直在梦里,无法靠近,无法触摸。

那人说:"燕眉,你真的在这里吗?"燕眉惊醒,面前的这个人,是真的呢。四下里看看,落日和嬉闹的孩子,都是真的,燕眉怔住了,千言万语堵在喉头,不是幻想过无数个不期而遇时应有的对白和表情吗?怎么真的遇上了,那些操练都派不上用场了?连一个美丽的微笑或者一声你好,都说不出口。怎么办!自己傻傻的样子一定丑极了。

瑾成张开双臂,给她一个结结实实的拥抱,骨头都被他抱疼了,终于惊觉,这是真的,上帝呀,我真的遇上他了,这不是幻觉。燕眉的咚咚心跳,微微地眩晕着,周边的空气瞬时凝固,燕眉有时空错乱的错觉。上帝,我许的愿心,原来你都听见了。

老爷爷的那句吴侬软语,惊醒了瑾成,燕眉一定就在附近,如有神助,他第一时间赶来这白塔下,发现她果真在这里,数次和她提过,喜欢在这白塔下看落日。她还是那个瘦得让人心疼的样子,不过短发变长发,长发在风里飘散的样子真是美如雕像。

瑾成替她抹去泪,刮她的鼻子,"哭得和花脸猫似的,就没人告诉你哭起来很丑吗?"燕眉的手被他安置在温暖的黑风衣口袋里,这样近距离地打量他,还是第一次,不足二十厘米的距离。眉目没变,还是那般清秀,只是眼角有些许的沧桑,是多年在外漂泊的痕迹,身量比先前高了好些。燕眉为自己灼灼的注视不好意思地低头。瑾成说:"燕眉,我带你去吃酸菜鱼吧,又辣又酸。"燕眉说好。这些对白如此家常,就像中间根本没有失去这七年一样。

在小饭店里,酸菜鱼做得很地道,燕眉不习惯吃辣的,辣得眼泪都出来了。瑾成忙着给她凉凉开水,轻声说:"我没想到你不能吃辣。"燕眉脸都被辣红了,一额头的汗,现在自己的脸一定和成熟的果子一样红。

吃完饭去车站的路,是走着去的。谁都舍不得走完的样子。燕眉真愿意就这样永远走下去,什么都不要再发生,就这么携手走完一世,多好。瑾成忽然停下来:"我背你走,燕眉。"因为燕眉说过,希望有一个人在她累的时候背着她回家。瑾成的背很宽厚,衣服上的清香不变,就是那淡淡薰衣草的味道。燕眉几乎贪婪地嗅着,把脸贴在瑾成颈间,轻轻地呵气,一迭声地唤他:瑾成,瑾成,瑾成。他一迭连声地答应着。

"为什么你身上总是有薰衣草的味道?"

"因为母亲喜欢,所以所有的衣服都熏过这香。"

燕眉取出口袋里随身带的话梅糖,剥给他一粒,瑾成直呼好酸。酸,是大多数初恋的味道。想你而不能见到你,心里会酸得冒泡。

瑾成絮絮地讲述离别七年来的经历,记得那年燕眉穿着粉白棉布裙子从考场出来的样子,想上去打个招呼却不敢。在燕眉第一年工作的时候,甚至鼓起勇气打过电话给她,听她在那边喂喂喂地问是谁,就挂了。不敢,全是不敢。自己落魄的时候,怎么可以让燕眉看见呢?瑾成说,自己常做一个梦,在长满紫色薰衣草的渡口,燕眉撑了小船来接他回家。他们的小家,就在薰衣草花场的后面,一色的小白屋子。甚至还画好了小白屋子的图纸。燕眉心底低呼,原来你和我一样傻,瑾成。

燕眉回去以后,那漫长的周一到周五,长得燕眉想祷告,上帝呀,让时间过得快一点再快一点吧,一日不见如隔三秋,五日不见,真如隔了十五年。每个周末,瑾成都会过来看她,给她小小的惊喜。燕眉窝在家里亲手调制薰衣草奶茶给瑾成喝,因为瑾成说最近总是失眠。燕眉知道薰衣草可以安神。燕眉总爱追问:"瑾成,你昨夜睡着没有?"瑾成总是不说,反问她:"你说呢?"

去书城看书,一会儿不看见他,她就心神不宁,在一排排书架后面,看到凝神看书的他,心就定了,走失了七年,总有不安全感。得到的越多,越怕失去。那时的他们是糖,甜到忧伤。燕眉总爱缠着瑾成,问一些傻瓜的问题,那离散的七年里发生了什么,她全部想知道。她问他有没有在路上看到相似的背影而一路跟去,有没有在午夜梦回的时候祈求上帝让他接着梦见她,有没有一个长得很像他的孪生兄弟。诸如此类的有没有,瑾成都一一回答她,答到心酸,这个痴情的小女子。

　　转眼就是深秋,西风呼呼的,天色已全暗了,燕眉诚心想给瑾成一个惊喜,下了车才打电话。可是那电话一直不通,一直是忙音。燕眉的心骤凉到冰点,忽然想起,在这三个多月里,唯一的联系方式就是这七个数字,除此之外,瑾成在哪里上班,哪里睡觉,她完全不知道。为什么自己从来没想着问一下呢?

　　燕眉在现实的世界里,永远如此笨手笨脚、撞头磕脑。这些忙音像一下下的雷声,打在燕眉心上。燕眉失魂落魄地在陌生城市的街道上打转。瑾成在哪里呢? 燕眉抱着双臂,蹲在路边,简直想不出,除了哭,还能干什么。哭完了,找个宾馆住下来,打了一夜的电话,发了一夜的消息,如石沉大海。不习惯在陌生地方睡觉,一直开着电视,挨到天亮才合眼。惊觉有人在敲门,吓得跳起来,附耳到门上去听,问是谁。门外熟悉的声音:"是我。"燕眉开了门,看到那个心心念念的人,抱着不肯撒手,喜极而泣。为什么总有这么多意外的失去?

　　瑾成带来了肯德基的早餐,有紫菜蛋花汤,她一口一口吃下去。燕眉是这样羞于表达的人,甚至不问昨晚为什么会消失。瑾成形容憔悴,像是一夜没睡的样子。燕眉吃完早餐,撑不住地要睡着了,一夜未眠,全身哪儿都酸。瑾成答应会在身边守着她。握着他的手,燕眉睡下了。醒来发现,他也睡着了,电话在桌上一闪一闪的,燕眉拿过来想关掉它,怕吵到人。

　　如果可以选择的话,燕眉宁愿没有看到这个闪烁的电话。好奇心驱使她打开信箱,她想看看瑾成是否和自己一样,存着发过的所有信息,一个也舍不得删。里面满满的,都是昨夜自己发的短信。在收件箱里,还有另一个不存名字的人,消息很暧昧,好像是熟识多年的朋友,不,更像是恋人。这中间的七年,谁又是一张白纸?或者只是个旧人吧,瑾成恋旧,还没删掉而已。燕眉这样想着,把电话放回去,却再也不能睡。

想起最近瑾成总是叹息,我们相遇得太晚太晚,自己还安慰他,不算晚,这不是遇上了吗?错过七年,不是又重逢了吗?燕眉虽然满怀的心事,看着疲惫的睡梦中的瑾成,还是不忍心叫醒他。让他睡吧,燕眉叹息着。

直觉告诉燕眉,事情不会这么一帆风顺的,所有的好事情后面一定跟着一件不好的事情。这几乎是燕眉人生的铁律。燕眉知道,昨夜一定是发生了什么,不然瑾成何至于如此憔悴。但是瑾成不说,自己也就不问。他想说的时候,总会告诉自己的。

那天的晚饭,燕眉一直不说话。瑾成呢,总是有无数个电话打过来又按掉不接。燕眉不说话,是因为怕自己不小心会说到那些莫名消息上去。人傻起来的时候,就是这样没底的。瑾成闷闷地喝酒,也不说笑话,然后送她去车站。一路上,两人都不做声,谁也不肯先开口说话,大家都一肚子的心事。燕眉的直觉告诉自己,那个不是旧人,而是现在进行时。那自己的行为不是侵略者的行径吗?燕眉不敢再往下想。

车就要开了,燕眉终于忍不住,问:"如果可以选择,你会回来吗?"瑾成说:"对不起,我不能。"燕眉明白,瑾成在这里混到现在,有多么不容易。燕眉忽然明白他要的是什么。而自己,不过是他年少爱情梦想的一次实现,而梦想,是不能放置在现实里当饭吃的。人长大了,总是自私的,就算瑾成自私,也是好的。张爱玲不是说,因为懂得,所以慈悲。燕眉是宁愿自己痛着也不要告诉他的人。这次算是诀别吧,大家早已不是十七八岁的懵懂少年。

燕眉回去以后,蛰伏在家,极少出门,写写博客,看看书打发时光,努力不去想起那些纠结的往事,希望可以淡去无痕。瑾成还是有电话来,但是已经找不到那么多话要讲了,燕眉一路沉默。

瑾成也唱歌,但是燕眉一听就会哭,瑾成哄不了,只有挂电话。事后也还是发无数柔情的消息来安慰,但是燕眉看了只有更疼。慢慢地,真相浮出了水面,而燕眉已经不想再去追究。晚了就是晚了,没有别的路可以走。燕眉这样善良,不会忍心把自己后半生的幸福建立在另一个女子的痛苦上,燕眉只会难为自己忘了瑾成。

燕眉知道割舍的时候一定会很疼很疼,得而复失,比从未得到更疼,给自己一点时间,泥足深陷也要拔出来。燕眉从小就没和人争过什么东西。何况感情这东西是可以争的吗?燕眉这样传统守旧,还是要有先来后到的吧,不然世界没有了秩序,如何是好?还是自己快些决断吧。从头至尾,燕眉都没有要瑾成解释什么,就像自己,从来都不跟人解释什么。

平安夜的时候,下了很大的雪,大雪压住了红尘,红尘没了少年心啊。燕眉去小城的教堂,听女牧师布道,大家一起唱赞美诗,唱得热泪滚滚,也不去擦,就这么流着吧。燕眉一遍遍告诉自己,任何人不爱自己都不要紧,还有上帝爱我,上帝会爱我。

燕眉告诉瑾成,穿了雪白的靴子在泥地里踩,就是要把靴子踩脏才甘心。瑾成说,不要这样,他会难过的。他要她过得好好的。那天,燕眉许的愿心是:"谢谢你,上帝,让我真的遇见了他,圆了我年少梦想,现在请给我勇气,让我忘记他。"燕眉决心理智一点,制止事态向不可收拾的方向发展。自己选好了,瑾成就不必再选,也不必为难。

大雪下到膝盖那么深的时候,燕眉明白地告诉瑾成:"愿你在异乡安好,我们相忘于江湖吧。我已经选好了自己要走的路。我一定会忘记你的,瑾成,也请你忘记我。"那个平安夜的大雪里,燕眉的少年心,也就那么淹没在茫茫雪野里,再难寻回。瑾成再次留给燕眉一个孤清的背影,在燕眉的世界里,再次退场。

可是忘记是那么容易的吗?燕眉不再喝薰衣草奶茶,丢掉一切与薰衣草有关的东西,小香袋、蜡烛,扔进垃圾桶的时候,好像心也被掏空了。旷日持久的失眠浩荡而来,燕眉也不抗拒,醒着就醒着吧,什么样的薰衣草也治不好这失眠了,只有时间能够救治。再后来,实在扛不住了,就期望去一个谁也不认识自己的地方,安静地老死。"时间啊,你过得快一点再快一点吧,不要再这样一秒一秒地折磨我,让我一夜白头吧,老了,念想也就老了。或者随便找个什么人,结婚养孩子,忙得天翻地覆,只要能忘记,就好。"

年少时总是这样傻气且爱负气的,以为爱一个人是天大的事。那个冬天,燕眉看了亦舒师太所有的书,然后亲手把这些记忆掩埋,绝口不提。所有青春里的旧人,一个都不要再见。燕眉以为,自己的一生,也就这样了。

五、蕊生与瑾成

蕊生遇见燕眉,是在朋友的聚会上。燕眉闷坐一角,完全和搞笑的气氛格格不入。燕眉的朋友也不管她,和一群人在划拳。蕊生在暗处,像多年前那样忍不住地凝视她。长卷发遮住半边脸,还是那扇子似的长睫毛,落寞的神色还在。燕眉怎么会流连这浮花浪蕊的场所,这是小城中最喧嚣的地方,她甚至在独自喝酒,蕊生很纳闷,这真是那个自己记忆中的小女生吗?是的,燕眉学会了喝一点酒,因为喝醉可以睡得和死过去一样。小年轻们唱着暴烈的摇滚:《花房姑娘》。燕眉条件反射般想起瑾成唱的抒情的《十年》,细算算,真的已经认识十年了。偶尔想起来,还是这样揪心的疼。燕眉扬扬脖子喝光杯子里的酒,在沙发里抱着个大垫子歪着。有人在唱《爱的代价》,燕眉睡梦中也是听得泪流满面的。但是这里这么黑,除了蕊生,没有人看到燕眉的泪这样肆虐。

　　燕眉的落寞,只是没瞒过蕊生去,从始至终,蕊生的眼里只有这个不爱出声的小女人。事实上他们聚会过多次,燕眉不是在神游,就是在睡觉,根本没有细看一起玩的那些人长什么样,何况声色场所,总是黑黑的,谁都看不清谁。因此燕眉一直不知道身边这群人里面居然有蕊生。

　　在北边待得好好的蕊生执意要回来,谁都弄他不懂。回这个小城来干吗呢?打个的十块钱就逛遍全城了。蕊生知道自己回来的缘由在哪里。但是这么多年过去了,旧时的人们都变得面目全非,好多都带着发福的小肚腩,有着小富即安的动人颜色,这些人和蕊生完全不搭调了。蕊生参加这样的聚会,不过是为了见燕眉。但是这里这么闹,真的不适合他。燕眉玩起来也疯,但是蕊生看得出,燕眉身上绝没有风尘气,她像莫奈的画中人,满头卷发,脸色苍白,眼神总是落寞。不过头发再卷再乱,也还是清纯的。

　　十年以后,蕊生以为自己已经具备告白的勇气。但是很遗憾,没有,看到燕眉他还是说不出话来。蕊生在小城待了半年,终于有些厌倦了,小富即安的生活里有种浓稠到没有界限感的人情味,蕊生也是寡淡的人，他觉得还是北边好，异乡孤苦，可是身心的自由也是绝对的。决定走之前，他终于有勇气单独找姗姗约了燕眉。燕眉对蕊生这个名字一点印象都没有，但是和姗姗是好闺蜜。

闺蜜聚会，她胡乱找件白裙子套上就出门，从小一起长大的，不说话光喝咖啡也没事。头发依旧又长又卷地披着，在咖啡馆的小包厢里，看到瑾成的孪生兄弟般的蕊生，她手里的包一下子掉在地上，蕊生不知道她哪里不对，连忙关上门，不让侍应生看到她的失态，扶她坐下，替她倒了一杯水。燕眉坐着，呆呆的，眼睛越过蕊生头顶，迷离而慌乱。蕊生身上亦有同样的薰衣草香，这是那个在中学偶遇的男生吧，怎么会忽然出现？

今天这是撞了什么鬼，青春记忆汹涌而来，什么都拦不住。燕眉闭上眼睛，就闻得到那个初夏的青涩果子香，那个无限想念瑾成而遇上了蕊生的初夏。这世上的事情，怎么总是这么充满戏剧性，比电影还要精彩。燕眉不知该说什么，就等着蕊生先说。蕊生酝酿了好久，才说："燕眉，我要走了。"

燕眉一笑："你约我出来，就是为了告诉我这个？"

蕊生说："我只是想告诉你，我要走了，你要好好的，别喝那么多酒。"

燕眉有点莫名其妙，应着"哦"。

来不及有更多对白，父亲急电，蕊生一接通脸就变了颜色，说声对不起，匆匆跑出去。所以一直到走，燕眉都不知他叫蕊生。又一次匆匆逃去，燕眉莫名其妙地看着蕊生离去，找不到挽留的理由。姗姗也不知怎么放了鸽子，过时很久都不来。

回家的路上，燕眉头疼得想死，为什么瑾成的影子刚去，蕊生就来了。还没说三句话就跑了,不知道他究竟想干什么。往事被一一想起,喝再多的酒都有醒的那一天吧。像无声的黑白电影,完全不可控,燕眉眼前一幕幕,都是瑾成,那分手时唱的《十年》,还在耳畔回响。"十年之后,我们是朋友,还可以问候,只是那种温柔,再也找不到拥抱的理由。"

难得喝了咖啡,精神很好,燕眉忽然想起来,中学小山脚的道上,他撞翻她满怀的书,那时候的紧张不安,还有他身上有熟悉的薰衣草香味,燕眉吸吸鼻子,又开始打喷嚏。这人生像是中了什么魔咒,总会落进这样相似的情节中去,一人去,一人回。她心里有点怕见蕊生,而又有点盼见。

蕊生风驰电掣回到家,父亲在书房喊他:"蕊生,回来啦?"声音中有些哽咽。

蕊生忙过去,父亲神色凝重:"蕊生,你妈妈,没了。"蕊生一怔,从襁褓中起,父母就离异了,母亲坚持不让父亲见哥哥,甚至躲到异地,家搬了一次又一次。母亲是倔强决绝的女子,到死都不再见父亲一面,丢下话来,死生不复相见,葬礼也不许他去,不能原谅父亲的背叛。这么多年,父亲带着自己过,也没有提过母亲的下落。蕊生以为父亲早就忘了。蕊生也是成年以后才知道,自己的哥哥叫瑾成,跟着母亲姓傅。

听到这样的消息,蕊生不知该说什么好,记忆里没有母亲的影子,这些年父亲都在打听母亲过得好不好,只是没有再去惊动他们的生活,不希望他们再次搬家。父亲翻出一本蕊生不曾见过的影集,里面有一张中学毕业照,蕊生在中间细细地找寻,找到了和自己长得一模一样的瑾成,还有燕眉。

　　蕊生暗暗心惊着,再往下翻,是瑾成和燕眉亲密的合照,所有的一切似乎有了答案。为什么燕眉看到自己会诧异成那样?原来哥哥的旧爱就是燕眉呀。蕊生跌坐在沙发上。

　　父亲说这些照片都是请私家侦探拍的,想念瑾成想得厉害的时候,就拿出来看一看。虽然分开养的,两兄弟还是长得没有分别,瑾成的泪痣在右眼底下,蕊生的泪痣在左边眼下,除此之外,恐怕父母都分不出来,一样的身量、发型、笑容,连穿衣服的习惯都差不多,白衬衫配各色简单的裤子。

　　瑾成各个阶段的照片都有,包括现在他手里抱着刚满三周岁的小女儿的照片。蕊生怔怔的,无语。原来自己不过是瑾成的影子,难怪燕眉见到自己,回回都要跑得那么快。瑾成一定是伤了她的心了。那天晚上,蕊生偷偷输入网址,去看她的博客。满页都是不知所云的碎碎念,而蕊生全都懂得。

　　今天我遇见一个和你长得很像的人,在路上跟着他走了几条街,甚至忘记自己出来是干什么的了。

　　我想我是可以忘记你的,就当我十七岁以后从未遇到过你吧。让我忘记你。

　　下雪了,我们说分手,是在大雪天吧。知道你有一个女儿了,你会叫她小雪吗?

　　我现在闻到薰衣草的味道心就揪起来生疼生疼的,还要多久,我才可以不疼?

　　我知道今生我们都无法住到那个小白屋子里去了,那么让我们就此别过吧。我会种一院子的紫藤花,等我们很老很老,我会邀你来花架下喝茶。那时的你我,或许可以释然了……

瑾成无疑是燕眉心底的刺青。燕眉这样决绝的人，怎么可能在心里装下另外一个人？蕊生决意离燕眉远一点，她或许好不容易才忘记了瑾成，看到自己，失恋的痛又被一次次复习着，对她太残忍了。何况蕊生从她眼神中就知道，他不过是瑾成的影子，谁愿意一辈子活在瑾成的影子之下？

母亲的葬礼上，蕊生见到了二十七年未曾谋面的母亲，黑白照片上的母亲眉清目秀，有桀骜的丹凤眼，这点兄弟俩都得了遗传。如果，当初不是母亲走得这样决绝，燕眉和瑾成当是另一种命运吧，蕊生叹息。葬礼上，哥哥一身黑色，形容枯槁，蕊生数次想鼓起勇气，去喊一声哥哥，却始终想不好开场白。情节这样密集，他是讷言的人，最后留了一封信和父亲的照片给瑾成。

蕊生去拜访过瑾成的城市，江南水乡的夜色分外柔美，风中飘散着家常菜的味道。市区的老房子之间河道交错，还有年迈的老奶奶会在河边洗衣裳，也有家人围着小方桌在河边吃晚饭。他一路循着哥哥的气味而去，最后去了没有哥哥和燕眉痕迹的北方，陪父亲安享晚年。

蕊生爱上了摄影，每年会回到这个江南小城，在干净熟悉的街道里以及法国梧桐的浓荫之下随性走走，背着相机，蹲在街边拍故乡的路人。他没有再去找过燕眉，没有开始，也就无所谓结束吧。但是会时时去她的博客，看她写了什么。看她的生活终于回归正常，总算安心不少。

蕊生匆匆退场之后，燕眉陷入严重的过敏中，一头一身的红包。去医院查过敏原，验血折腾一天，也查不出个所以然来。医生说很多种过敏与心理疾病有关，放松精神就会好。燕眉想了很久，罪魁祸首应该是那天在咖啡馆小包厢的薰衣草香氛。开了药,每日在家昏睡,奇痒无比,像无数的蚂蚁在笑吟吟地咬着,像决定分开的时候,那无数的疼痛涌上来,不知安抚哪一处好一样。

离开瑾成以后,刻意抗拒着这个味道,所以身体以过敏这样的方式来表示抗议吗?躺在床上的燕眉,终于肯清醒地面对自己,逃避有什么用,还不是一闻到相似的味道,就马上崩溃。燕眉说服自己承认,瑾成早就在她的世界里消失,自己从来没有得到过他,从来没有。生生世世,认识瑾成就是个错误。来晚了,就是来晚了。

那个长满薰衣草的小渡口,渡不了燕眉到快乐的彼岸,那个理想中的小白屋子,亦无法在现实中建造。让这段长长的人生旋律,快些唱完吧。

燕眉吃完那些抗过敏药,开始学习真正面对。哪怕是鲜血淋漓的痛,也有止住的那天。情如长剑穿心而过,哪怕拔出来有血溅当场的痛,也要闭上眼睛拔出来,才会好。燕眉重新练习喝很浓的薰衣草奶茶,以毒攻毒,豁出去了,这奇异的过敏症居然好了。

年少时激烈灼热的爱划开的伤口,是再好的薰衣草都难以医治的失眠。而此刻,燕眉手中,这杯氤氲的薰衣草奶茶,冷却的残香里,剩下的,就是他们在岁月里,退却的激情吧。自己和傅瑾成马不停蹄的青春,就此别过了。

燕眉明白,自己的后半生,都将与现实中的瑾成无关。哪怕自己会怀念,也只是怀念青春里的自己,怀念那个曾经那样深爱的痴狂的自己。用别人的话说,谁不爱自己的青葱岁月?只是夜深无人的时候,那些记忆会跳出来,提醒自己,曾经那样决绝爱过,仅此而已。

　　历经十三个月,燕眉的过敏症全愈了。此番情劫,算是过去了。如马尔克斯在《霍乱时期的爱情》中写的:请把爱情想成一种优美的状态,它并不是一种手段,而是万事万物,有始有终,自生自灭。燕眉总算在优美的状态下退出了,没有演变成狗血的肥皂剧。

　　多年以后,燕眉带着小女儿,牵手路过法国梧桐浓荫遮蔽下的人民路,小家伙很小就爱摆pose拍照。那天蕊生刚好也在路的另一侧举起镜头,拍下了这个爱笑的小家伙的灵动瞬间,但他并不知道那就是燕眉的女儿。而就在他们抵达的前一瞬间,瑾成带着女儿从街边的蛋糕店喝完奶茶,离开。

　　世间的缘起缘灭,永远这样奇妙,如情不知所起,一往而深。你可能和最爱的人,永远都在擦肩而过,你也可能再也寻不回最初的心动,而余生的不期而遇,总会继续在不知情的时候,经常发生。地球是圆的,离别的人总会以不同的方式重逢。而人生的圆融,也终会在残缺中,渐次到来。

花离枝

一

三十岁的安果儿在小城最热闹的商业街上卖衣服,当然这不是她的正经行当。她在一个清闲的事业单位上班,下班以后闲得发慌。安果儿拉个小姐妹在这人头攒动的地方,周末听着最嘈杂的音乐,和普普通通的女子讲价钱,不是为了钱。安果儿一点都不缺钱,但是她的家缺人气。她在那寒气森森的单身公寓住五天已经是极限,周末无论如何再不能独自对着它过活,又不能去父母家,听不了唠叨。

洗去脂粉,安果儿还是一张清纯的学生脸,可是她偏烫最爆的爆炸头,越发衬得身量窄小,瘦得让人心疼,架一副墨绿框的眼镜,画烟熏妆,穿另类的衣服,一天换数套,一低头一抬手让人担心会走光,身上永远有古怪夸张的配饰,甚至像个风尘女子那样跷起腿抽烟。

无论如何,人们都无法把这样的她和那个在单位里穿白T恤蓝牛仔裤的她联系起来。要不是家里拦着,她早就辞掉那份沉闷无聊的工作了。但是她爸说那是铁饭碗。有地位,卖衣服算什么,小学毕业也能卖。青黄不接的时候,还是要向老爸伸手要钱的,想到这,安果儿就不再闹着辞职,周末出来过两天瘾而已。

周末的商业街当然是最热闹的,三教九流都有,是活色生香的市井图画、现代版的《清明上河图》。安果儿的衣服是整条街里最另类价格最贵的,但照样有大批爱搞怪的小女生蜂拥而来,冬天穿最短的短裤、最肉感的黑色网眼丝袜,夏天穿拖到脚背的印度长裙与露出整个肩膀的玫红小裹胸招摇过市。安果儿是最好的模特,随便一件衣服穿出去都是百分之二百的回头率,生意火得不行,酒红墨绿藏蓝玫红纯黑,安果儿像一幅浓重的油画,这么多浓得欲滴的颜色,安果儿却穿出滴水不漏的惊艳。

安果儿三十岁了还独身。父母把她的终身大事当作活下去的重要目标之一,马不停蹄地替她去相亲。她一个都看不上,不是势利庸俗的小公务员,就是消毒水味道浓烈的刚下手术台的医生,要不就是家世差不多的小暴发户家的二世祖,开个马六就敢装玛莎拉蒂。

安果儿于是继续单身。爱不爱一个人,是在一分钟之内就可以见分晓的事情,何必要一次次地抹好脂粉穿起淑女裙喝茶吃饭泡咖啡馆。安果儿宁可在摊位上和人打红五,吆五喝六的样子像个山寨里的二当家。市场里没有人知道安果儿的主业,只知道她是独女,有老爸支持,衣服卖不掉就自己穿。

这个周末很奇怪,没有什么正经生意,安果儿在躺椅上睡午觉。恍惚看到嘉嘉在给一个女子试衣服,翻个身继续睡,耳畔却传来极熟悉的一个声音:"有没有长一点的款式?这件实在太短。"那说话的女子,穿得非常大众,属于扔到人堆里认不出来的那种,也没有抹点脂粉来掩饰眼角秋意,身材也严重变形,这水桶腰上一圈圈的子弹袋,穿什么都是蠢相的。安果儿勉强睁开一只眼睛瞄了一眼,就知道是路小倩,冤家路窄,走到哪里都会遇到她。安果儿随手拿件衣服遮住脸,心里却是酸得不行,套用一句话,青春往事汹涌而来呀。

二

十六岁的安果儿,在同龄的黄毛丫头中,已经有卓尔不群的气质,那时流行曳地的白棉布长裙,安果儿穿起来,就是一朵含苞的百合花,常有大胆的小男生写情书来称她为美丽的果子。十六岁,当然骄傲得不可一世,何况安果儿天生是孤绝的脾气,目中无人,走路永远目不斜视,多少青涩男生的自尊被她冷冷的眼神打碎。

直到苏白来教初三(六)班的数学,安果儿高傲的头才略低下来,因为他那个近乎狂妄的自我介绍:"我叫苏白,苏轼的苏,李白的白,以后是你们的数学老师。喜欢的可以认真听,不喜欢我的课的可以睡觉,但不能聊天打牌。"安果儿是文科女生,正看言情小说看得痴迷,数学课当然没耐心听,成绩也勉强混个及格。

多少也仰慕苏轼李白的安果儿,听到这样的自我介绍,心里倒是咯噔一下,于是抬头看这个新来的数学老师长什么样子。此时苏白刚好走到她旁边,四目相对,就出事了。所以说,爱一个人是一分钟之内就可以见分晓的事情。不知道该用什么形容词来形容安果儿初见苏白时的感受,只是一个少女的情窦因他打开,一夜之间由单纯的女生长成心思细腻的少女。于是和所有的暗恋一样,安果儿一夜之间觉得自己衣柜里的衣服全不能算衣服了,哪件穿上去都是别扭的,再不满意自己清汤挂面似的短头发了,眼睛不够大,腿不够长,鼻子不够高,脸上怎么有痘痘,看什么都不对劲了,恨不能立马丑小鸭变天鹅,惊艳出场。当然很久以后,安果儿才知道那是堕入情网的症状。

苏白的确是学校里最年轻最出风头的老师,不过二十出头,正是意气风发的年纪。打篮球技术一流,带球过人无人能挡,数学课上杂学旁收地从天文地理又扯回二元二次方程式,声线也很特别,是有磁性的男中音,让电台嗲嗲的男主持相形见绌。学校很多通知都是苏白播的,那些毫无文采的话经过苏白念出来,也让人耳朵很受用得下去了。女生们正是充满幻想的年纪,苏白真像琼瑶剧里的白马王子呀,自信,大方,俊朗,好像无所不知。多少大胆的女生在作业里夹带情书。借故课外请教的女生也越来越多了,回来时,眉梢眼角全是藏不住的笑。苏白,已经成了许多女生秘而不宣的心事吧。

学校里这一季的樱花,开得分外烂漫。只是安果儿再也不会翘掉数学课去樱花树下看琼瑶了。她逼自己端然静坐在数学课上,眼光总是追随着苏白的身影,努力弄明白那些枯燥的数学定理。偶尔的偶尔,她会鼓足勇气去问一道题目,却总是因贪看他耳后的一颗小痣而忘记身在何处,连他喊了三遍都没听到,最后脸红到耳根,说声会做了,急急跑回去。其他女生背后都会谈起这个倜傥的苏老师,只有安果儿是一笑置之。安果儿从小就不习惯和人分享自己的感受,何况是感情这样私密的事情。那初见时的四目相对虽然差点出卖了她,但是她深潭似的黑眼睛里藏了什么样的心事,恐怕连苏白都不会知道吧。

上学,本来是多么无趣的事情,没有空闲没有自由,功课又重。安果儿每天写完所有作业已是深夜,连看小说的时间都没有。苏白来了以后,校园里的空气忽然不那么压抑了。安果儿每天在镜子前流连的时间明显多了,央求妈妈做许多新款式的白裙子白衣服。白色,多么配安果儿的亭亭玉立呀——一定要时时刻刻都完美无瑕,因为不知道在哪个角落哪个时间就会遇上苏白。安果儿开始对人微笑,只是因为微笑着是最美的,不能让苏白遇见一个冷着脸的安果儿。

安果儿日夜盼自己快点长大——一定要在最美的时候,告诉苏白那三个字。恶补数学,这是引起老师注意的最好的办法。上帝作证,安果儿在台灯下艰苦卓绝地啃小学三年级就丢掉的数学时,那份倔强和坚持令人感动。只花了三个月,安果儿的数学成绩直线上升,再也不拖后腿了,考个重点中学都绰绰有余。苏白淡淡一句"加油哦",就可以让她抱着数学习题集做到睡着,醒来继续做。年少时精力无限,好像永远都累不着。

毕业填志愿的时候,安果儿执意不要上高中。高中要读三年,大学要读四年,七年以后,谁知道会变成什么样子呀,要是苏白结婚了怎么办?有女朋友了怎么办?安果儿以离家出走要挟老爸,随便填了一个中专,三年时间就可以毕业工作。老师都说可惜了,但安果儿心里却是满满的小诡计得逞的雀跃。像张爱玲那样,八岁要梳爱司头,十岁要去红房子吃西餐。出名要趁早,爱一个人也要趁早呀。

毕业晚会上,好多男生喝了啤酒,女生们也有抱头痛哭的,闹得不可开交。安果儿独自出来透气。夜凉如水。终究是要离开苏白了。三分怅然。忽然全场安静下来,是苏白在唱《昨夜星辰》,安果儿忽然在暗处泪湿,昨夜的星辰已坠落,今夜的梦里可会有你?

三

透过十三年的旧时光往前看,往事历历在目。路小倩终于扭身离去,安果儿起身点起一支烟,思绪悠长,那个永远的、十七岁的暑假呀。

毕业晚会后三天,苏白辞职南下。安果儿连表白的机会都没有,就失去了苏白的音讯。没有人知道苏白去了哪儿。苏白辞职的理由非常离奇,有人告他勾引女学生。苏白年轻气盛,亦不辩解,拒绝写检查交代那个人的名字,一走了之。于是就再无人提起苏白两个字。老师们再也不用担心苏白会盖过自己的风头。这件事最后不了了之,具体什么情形没人知道。只是苏白从此杳无音信,多少女生的枕头被这个残酷的消息打湿。

安果儿天天跑到樱花树下发呆。那棵可以看到苏白宿舍窗口的樱花树,早就长满了绿绿的叶子,花也早就落尽了,安果儿觉得自己的心也这样凋零荒芜了。她期望苏白会回来收拾东西,可以看上一眼,可是苏白走得这样决绝,始终不曾回来。

盛夏的果实已有青涩的香气,安果儿在树下唱:"也许放弃,才能靠近你,不再见你,你才会把我记起。"而放弃是这样的难啊——谁不爱自己的青葱岁月呀? 谁又肯删除那一生中第一次心动的记忆?

此后的学生时代变得俗气无比,没有苏白带有磁性的男中音播送消息,没有苏白神采飞扬的数学课,没有苏白在球场上漂亮地带球过人,安果儿无比地厌倦。她也会跑到网上和不相干的人瞎聊天,反正不认识,全告诉了他们,也不会有人说她可笑。安果儿扔掉了所有的白裙子白衣服——没有了欣赏的人,它们的存在好像是个巨大的讽刺。当初不知是从哪里听来的苏白喜欢穿白衬衫,才做了这么一堆堆的白衣服穿。安果儿的奇装异服,全是苏白走后买的,忙不迭地穿,忙不迭地买,一件衣服穿到天黑已经十分厌倦。街上看到同龄女孩子的白裙子,她都觉得晃眼睛——这让人心痛的白呀。她连自己的雪白皮肤都恨,每年暑假去海边晒到黢黑回来。

情书还是一堆堆地收,安果儿还是拆都不拆就扔掉。邻家的志远哥哥,天天来接安果儿放学,只因安果儿不喜欢住宿舍。从小一起长大的,他的心安果儿当然明了,但是心,那么小,怎么住得下两个人呢?安果儿都是喊他志远哥哥,从来不肯喊一声志远。志远也不生气,还是管接管送的,风雨无阻。志远永远不会知道安果儿青涩疯长的心事。他也是俊朗的男子,但是安果儿是这样的固执,只肯认一个穿白衬衫的人。志远也说:"果果,你穿白裙子真好看。"安果儿装没听见。

一直杳无音讯,苏白像人间蒸发一样。安果儿那些无处可寄的信已经装满几个抽屉。有时看看那集体毕业照上绿豆大的一小点苏白的脸,安果儿都疑心自己在做梦。

志远哥哥的事业如日中天,车换了一辆又一辆,追他的女人都要排到上海了。他还是固执地接安果儿上下班,安果儿和最俗艳的女人混在一起卖衣服、打牌,他也照样穿过嘈杂的人群给她送点心。而对他，安果儿连撒娇都不肯。不论安果儿玩什么，志远都会陪着去，说是不放心。安果儿穿最夸张颜色的衣服，表现出一副存心堕落的样子，去最吵的酒吧看艳舞、跳摇头舞，也抽烟，也飙车，穿十厘米的高跟鞋，疯狂地玩。一到KTV，雷打不动地唱《盛夏的果实》，唱到哭，喝到烂醉，志远负责背她回来。醉酒了也还是不行，还是那一模一样的梦啊，那个浅笑的苏白白衣翩然，怎么都挥之不去。为什么最美的时候，总是在错过呢？在安果儿一生最美的如花朵绽放的时节，那个最重要的观众却没有在场。而苏白，她心尖上的红痣，又在哪里？

十三年离别两茫茫，安果儿一直都刻意不与老同学联系，那些在岁月烟尘里摸爬滚打的旧人，早已失去原有的单纯。何况聚会一定会讲起当年的苏白，苏白是多少女生心底的刺青啊，安果儿怕听到这两个字，怕会当众失态。

组织同学会的林立来安果儿这里拉赞助，刚好志远哥哥在边上。志远马上说随便他们怎么玩，他会来签单的。

志远说："同学会，果果是不是该置点行头？"安果儿从头到尾都没发表意见，很不满意志远这样霸道："不想去，很无聊，我在班里没有朋友。"

志远笑道："傻果子，都过去这么多年了，你还不能原谅当年小女生的嫉妒吗？"安果儿笑着说道："我厌烦和女人打交道，特别是路小倩，她多年来视我为假想敌，样样都要同我比，初中三年我已经受够她的伶牙俐齿，在同学老师那里编排我的不是，我才不要见她。"

志远大笑："谁要你穿一身白裙子，惹全班男生都选你做班长呢？就当是怀念下学生时代啦，别皱眉头，会长表情纹。"

志远把安果儿一头稻草似的卷发缠在手上绕圈圈："要不穿件小黑裙好了，奥黛丽·赫本那种。咱也得对得起男生们的选票呀。"

志远的游戏态度感染了安果儿："那我们就去望一眼，只是远远望一眼，就回来。我最怕看到男生变得痴肥，女生集体带小孩来满场跑，然后审问我为什么不结婚。"其实安果儿明白自己怕什么，那长达十三年的一页，还是没翻过去。

志远量过她的无名指很多次，也没敢把那颗石头拿出来。志远什么都不说，其实什么都明了。这是志远的长处。

同学会那天安果儿关掉了电话，反正在志远家的酒店里闹着呢，她随时可以去。志远处理完杂事，载她去场子里。在酒店的草坪上，鲜花条幅气球小舞台乐队，张罗得蛮像那么回事，有点像欧洲人无聊的烤肉下午茶会，肯定是志远的主意。

同学会有个古怪的规定，必须穿十三年前的衣服，用来怀旧，所以满场子都是装嫩的穿白棉布长裙的女人和穿白衬衫的男人。当年男生们脱掉T恤穿白衬衫，还是受了苏白的白衣蛊惑，谁不希望自己玉树临风呢？

安果儿换了简单的小黑裙，肤白如雪，一点脂粉都没抹，歪在志远的副驾驶座位里。音响效果很好，台上的人在讲什么一清二楚。安果儿闭着眼睛听他们闹。忽然全场尖叫，安果儿睁开眼睛，难道是志远请了名模来助兴吗？却也是一个黑衣人，那么远，安果儿就知道他是谁，那有磁性的歌声响起来了，是《爱的代价》。那不是苏白又是谁呢？安果儿瘫在椅子上，嘴唇抖得出不了声。那经历了十三年时光的盛大暗恋，争先恐后地跳出来，昨日重现着。

"走吧,走吧,人生难免经历苦痛挣扎,走吧,走吧,为自己的心找一个家,也曾伤心流泪,也曾黯然心碎,这是爱的代价。"

接着,是已经成了苏太太的路小倩上台讲他们的恋爱经过。路小倩考到了广州的一所大学,在那儿遇到了苏白,后来一起白手起家,现在有一家小公司,算是小康,还有个三岁的女儿。路小倩第一次把安果儿给比下去了,她顶多中人之姿,甚至胖得油腻腻,一脸中年大婶未老先衰的表情纹。可是她拥有苏白的爱。她天天和安果儿的苏白睡一张床,吃一桌饭。安果儿此时明白了嫉妒的滋味,明白了当年路小倩的嫉妒不是没有理由的。

安果儿忽然觉得自己是来奔丧的,为自己十三年的单恋奔丧,过了此刻,安果儿就要再世为人了。志远当然知道发生了什么,拍拍她肩膀,拥她入怀,这是他们成年以来第一次拥抱。这么多年,志远连手都没碰过她。安果儿的泪像决了堤的洪水,两个小肩膀一抽一抽的,这么多年,总算是哭出来了。志远什么都没说,只拥着她,借她一个怀抱尽情哭,哪怕她是为另一个男人哭。

四

那个黑色影子,在旁边拥住路小倩的肩膀,一句爱情宣言都没说,好像不再是以前那个健谈的苏白。志远带她逃一样离开现场,到江边的小木屋子里,打开窗子吹风,陪她一瓶一瓶地喝啤酒。谁都没想到苏白会娶了路小倩,还会出现在同学会上。喝到醉眼蒙眬,安果儿哭道:"志远哥哥,为什么十三年前,我喜欢的不是你?"志远忽然觉得悲从中来,自己就是另一个安果儿呀,等着盼着这么多年。那十三年没有说出口的千言万语,被堵着堵着都失去了出口。

　　志远陪着喝了很多,头疼得要裂开,初见安果儿时的惊艳好像近在眼前。大学毕业的暑假,志远回来探望父母,路遇这个被苏白的出走折磨得小脸苍白的安果儿妹妹,就再也无法把眼睛从她身上移开。放弃了上海的优差,回到这个小城来打拼,默默守在安果儿身边,陪她做一切疯狂的事,只要看到她笑,就已经够了。身边的漂亮女人没有十打也有六打,他全不动心,因为那心早就动过了,万劫不复。

　　第二天醒来的时候,安果儿看到志远留的条子,上面有苏白的电话。把纸条翻来覆去看了一千遍,她还是没有勇气拨出那个号码。该如何开口?安果儿不会做戏,不会说"天气真好,你最近好吗"这样的话呀。可是除了寒暄,还能说什么?

　　从头到尾,除了志远知晓她有一场暗恋,谁又知道她心头的朱砂痣是谁?而这场太过盛大的耗尽青春的暗恋,苏白未必承担得起。手机清脆的铃声响起来,安果儿吓得跳起来,那消息说:我是死在九六的苏白,安果儿,你好吗?

　　死在九六,安果儿努力在脑子里搜寻这四个字的来源。打开电脑,搜出所有聊天记录,一切明了,是苏白,原来苏白就是那个在网络上一直追着她问后来怎么样的人,原来她以为不相干的网络陌生人就是苏白,这是什么概率?

　　安果儿点开苏白的空间,需要回答问题,这么古怪的问题:我是为谁穿了一身白衣?安果儿的心跳到嗓子眼,输入:安果儿。回答正确,顺利进入。安果儿摸鼠标的手有点抖,那么多的日志,像是自言自语,像夏天的阵雨,电闪雷鸣般汹涌而来。那些记忆的碎片,凌乱而惊心。

一九九六年,是我生命中永志不忘的一年,那时我中途转来代初三(六)班的数学课,发现了人群中安果儿精灵般的眼神,我就知道,我在劫难逃。上课的时候,我不敢看她沉思的样子,会忘词。他们写作业了,我就在讲台上假装改作业偷偷地瞥一眼,只一眼,已是惊心。她穿起白裙子来,就是个没有翅膀的天使,我也买了许多的白衬衣穿。

今天安果儿忽然来宿舍找我问问题,我接过题目的时候脑子里有瞬间的空白。我努力了好久,才找到解题的思路,偏偏又停电了。她端坐窗前,就在我的身边,月光打在她精致的五官上。我俯身去拿抽屉里的蜡烛,命运之神是这样眷顾我,她刚好转过头来,我不偏不倚刚好撞上她的额头。我的初吻就这样猝不及防发生在月色之下,与我最心仪的尚未长大的小女生。她满脸羞红地跑回去了,我也不敢去追她,留下我在黑暗里怔忡。隔天我就收到了威胁信,这是爱慕安果儿的小男生写的,他要我离开学校,不然他就去告发我,说我跟女学生不清白。如果他真的失去理智去告发我,势必会连累安果儿,到时候怎么收场?我只好选择不辞而别,收拾行装南下,离开安果儿的一九九六年,感觉像死过一次一样。

实在想得厉害,偷偷回老家,去安果儿的窗户下面发呆,看到一个俊朗的男人背她回来,她喝醉了。我想冲过去,但是忍住了。

今天得知了安果儿的QQ号码,不敢让她知道我是谁,我只静静听她倾诉那个叫苏白的人给她的烙印,却不敢开口说我就是。我的前途这样黑,黑不见底,我什么也给不了你啊,果果。

梦见安果儿烫了大卷发,我刚想喊她,就不见了。安果儿画了烟熏妆,像个美丽的小女巫。

今天路遇小倩,得知安果儿已有男友,马上会结婚,很想回来看她一眼,可是我一穷二白的样子,回来无益。

小倩陪我一起受苦,我不能辜负她。可是晚上还是梦见安果儿,那白衣裙的样子让我心绞痛不已。

小倩怀孕了,我们去登记,她很高兴。我莫名地希望是个女儿,可以叫小果。

今日晴好,我得了一个雪白的小女儿,我抱着她偷偷地喊她果果,她的黑眼睛盯牢我看,好像听得懂。

小倩说要参加同学会,我很忐忑,安果儿会来么?但是又不能问小倩这个,我早知道她们学生时代就交恶。

…………

安果儿拖鼠标的手都酸了,还是没有看完。原来苏白一直懂得她的眼睛。

而苏白远走天涯,竟是为了自己,在那个尚算保守的时代,若背负了跟学生不清白的罪名,可以想象以后的路有多么坎坷难行。苏白为了保护她而出走,就这么错过了十三年。

志远进来的时候,安果儿还在发呆,泪水擦掉一片又落一片,像十七岁那年满树的樱花,好像永远都落不尽的样子。志远心疼地拿热毛巾替她捂脸。志远真是这世上最体帖的男子,安果儿难受的时候,他永远在身边,哭的时候,永远有他的手帕递上来。

安果儿到最后也没有去找苏白,现在不是两个人的事了。等了那么久的答案终于揭晓,却全然没有了当初要生要死的心。安果儿忽然释然,这生命中长长的一页终将翻过去。苏白曾经是懂她的,这就够了。

只是和志远说:"带我离开这里吧,志远,我们应该去找个教堂,看老太太唱赞美诗。"志远什么都答应她。

三天以后,两人背靠背坐在教堂外的长椅子上,安果儿把头发拉直染回黑色扎个马尾辫,素着脸,安果儿觉得自己像《红玫瑰与白玫瑰》里洗心革面的振保,声色犬马之后,总算找回来时的路。

"志远,要是我早一点遇到你就好了。"

"一点也不晚。"

"好看吗?"

"没有人比你更适合穿白衣服,果果。"

"志远,谢谢你陪我那么多年。"

志远拥她入怀:"我不要你的谢谢,我只要有你的余生,就像这样一起看夕阳、落叶,听赞美诗。"

"你一点都不介意苏白吗?"

"谁不爱自己的青葱岁月? 他只是一个青春符号,果果。"

青春的花朵都已离开枝头,安果儿是最执着最晚落下的那朵洁白樱花。虽然会疼痛无比,可是痛过以后才学会释然,才学会看更成熟的风景,才懂得珍惜眼前的一切。一直以为花若离枝,肯定是零落成泥碾作尘,却忘记青涩的果子的成熟,必定要以花的凋落为代价。

秋无迹

一、薄荷的盲约

夏林轩狠狠发动车子,绝尘而去,机器的轰鸣声让他很得意,这是他买得起的两厢车里最有跑车范儿的。

这是第几次猎艳之旅,夏林轩早已数不过来,一路上他还在说服自己,一个男人的心起码住得下三十个女人。以前除老婆以外的女人都来自酒吧,一夜之后永不相见。他是在百无聊赖的时候在同城的聊天室遇见薄荷的。奇怪的是这个女子用的居然是真名,真是很傻很天真。她不大理人的,但夏林轩好胜,终于在聊了数百个小时之后把她约出来了。没有夏林轩追不到的女人。他三十出头。对男人来说,这是最好的年纪,褪尽青涩,散发迷人气息。

立春刚过,空气里已有温暖潮湿的泥土气味,微雨的夜晚,薄荷坐在夏林轩的车子后排,暗蓝格子学生风的大衣身体裹得严严实实,头发卷得一塌糊涂,衬着苍白的小脸,一脸不谙世事的样子,五官精致得很,没有让夏林轩失望,符合他的预期。

看得出她是第一次见网友,一直不怎么说话。夏林轩知道她心情不好,刚失恋,在生日那天分手的,这男的也真会挑日子。不过对夏林轩来说,这是绝好的机会。这时的女生最需要安慰。她终于开口了。

"夏,你说一个男人的心里,真的住得下三十个女人吗?"薄荷在网上一直都一个字这么喊他。

夏林轩的心莫名地动了一下,这是十年以后,第一次有人以同样的语气和词汇称呼他:夏。

"你得相信,一个男人的一生,一定会有许多女人,女人也一样。"

这样孩子气的傻问题。夏林轩笑道:"我的心分成无数个小格子,用来安放她们。"

薄荷又说:"那你的心岂不是碎了?那么多窟窿,变蜂窝了。"

夏林轩吼道:"你不是失恋吗?怎么一点也不伤心,这么多无聊问题。"

薄荷忽然问:"夏,你喜欢什么颜色?"

夏林轩答曰:"紫色。"

薄荷:"那你一定不是个开心的人,紫色是忧郁的颜色,开心的人才不喜欢它。"

夏林轩:"好多年前,我在街上遇见一个穿紫色连衣裙的女子,身材绝好,皮肤雪白,我跟着她走了几条街,最后跟丢了。"

薄荷:"这么痴迷,你和一个穿紫色衣服的人,有什么渊源吧?"

夏林轩没料到薄荷这样冰雪聪明,叹气道:"这是个很长的故事,以后再说。今天我的主要任务是听你说。失恋女生需要倾诉嘛。"

薄荷絮叨着一些记忆的碎片,时断时续,像窗外淅沥的雨,只是一个简单的爱情故事而已,在很多人身上都会上演。

夏林轩听完,说:"别灰心,下一个一定会更好。只是太晚了都没地方买蛋糕。"

薄荷终于浅浅一笑:"谢谢你听我说话,夏。我不喜欢吃蛋糕,我喜欢巧克力,黑巧克力。"

这么深的夜,也没地方找巧克力去了,夏林轩说:"我们回去吧。我送你回家。"薄荷说:"不用麻烦了,我自己拦车回去。"

夏林轩不勉强她,道:"好,我载你到有车的地方。"

本次盲约到此结束。夏林轩忽然一点猎艳的心思都没了,颓颓的,是因为那一声现实里脆脆的"夏"吗?

二、夏的心结

送走了薄荷,夏林轩把前排椅子放倒,独自沉思,那一声声的"夏",把自己带回了过去。也不知是哪根筋搭错了,居然会把真名告诉薄荷。还在线上和她瞎聊了许多过去。多少年没有这样近距离地和一个孩子气的女生聊天了?十年,或者更久?

夏林轩揉揉太阳穴,薄荷的落寞神情,和在网上发的那些诗一般的消息,都让夏林轩误会自己是在谈恋爱。恋爱,好像是很久以前的事情,十年没谈恋爱了。自从大学毕业,回到小城,听从父母的安排,娶了单纯善良的安琴,开了一间小小的广告公司,一步一步,都是平稳踏实的。

那在云端上恋爱的感觉,的确是很久以前的事。安琴是最适合做老婆的白开水式的女人,从不追问他晚归的原因,十二分地相信他。因为这个,夏林轩玩得再出格,也不会夜不归宿。

偶尔在夜色里驱车去大学时代的城市,开到目的地大学的门口,停下看有没有穿紫衣的女生经过,就这么痴痴的,然后随便找个酒吧喝至半夜。安琴完全不知道夏林轩是怎么样的人,或者怎样的婚姻才稳妥而长远。夏林轩的真面目,安琴从未见过,她以为他生来就是这样四平八稳,情绪稳定。

每个人,都有一个心结。每个人,都有一个死穴。夏林轩的紫色情结,来自十年前的一个女生,唤作许霜晨。不知怎的,她可以把这么难以驾驭的紫色穿得这般好看。

那时夏林轩不过二十二岁,读大四了,尚未恋爱过。人在年少轻狂的时候,都是志得意满、不可一世的吧。此前夏林轩的人生一帆风顺,直至遇见许霜晨。夏林轩是在选修课上看见许霜晨的,发誓要把她追到手。

许霜晨不住校,在二十世纪的大学校园里是比较另类的。每天独来独往,抱几本书,上课从来不迟到,不早退,笔记记得比谁都认真,也不和谁说话。同学甚至不知道她是哪个系哪个班的,因为选修课里人很杂。夏林轩在这个可上可不上的选修课里,也不认识几个人。

夏林轩胜在耐心一流,精准计算好了许霜晨出现的时间,每星期就盼着这两节选修课,悄悄坐许霜晨侧后方,欣赏她上课皱眉沉思的样子。教室外面有很大的水杉,秋天的阳光细碎地洒进来,一张淡金色的小脸,如瀑的长直发,真好看。夏林轩每每看得发呆。也曾见过搭讪的男生,许霜晨目不斜视地走开,当他们是空气。冷、傲,男生们这样评价她。可还是对着她的背影惆怅地写无处投递的酸诗。

夏林轩从小自诩卓尔不群,不会做同样的傻事,那些手段已经被许霜晨枪毙掉了,不用再做。夏林轩画很好的速写,每天一张,标上日期,放在许霜晨的桌子抽屉里,还有一些手工的小玩意。叶脉书签,精致脆弱,许霜晨这样的女生应该会喜欢的。

许霜晨始终没有多看过任何一个男生一眼,真打击人,不过对那些画表示欣赏。这个夏林轩还是有信心的,中国美院的苗子,画点人物速写,在工科大学里,还是无人能比的。许霜晨还是端坐在原地,不左顾右盼,亦无声响,只有低头唰唰记笔记的声音。虽然有殷勤的男生愿意代劳,但是许霜晨的冷,让他们害怕,背地里都喊她冷美人。夏林轩掩饰得很好,许霜晨始终不知是谁的手笔。

只有顾,那个从去年就缠上夏林轩的小女生,像螳螂捕蝉黄雀在后一样,把这些看在眼里。女人的眼睛是最尖的,顾只是告诉夏林轩:许霜晨每天上学,开的是保时捷。这个车夏林轩只在汽车杂志里见过。

一九九五年,即使是S城这样纸醉金迷的地方,保时捷也还是不多见的。夏林轩心里一阵失落。终于沉不住气了,挑个风和日丽的日子,把看家的绝活拿出来,拿出经年不弹的吉他,准备藏在保时捷后方的树丛里,唱情歌。

那日许霜晨像是受了刺激,脸色很不好,低头走得很急,一头撞在夏林轩怀里,连连说对不起。夏林轩第一次听她开口说话,十分新鲜,情急之下竟不知怎样招架。许霜晨见他不说话,倒是笑了,真是倾城的一笑,夏林轩的伶牙俐齿忽然派不上用场,也完全忘记自己是来做什么的。许霜晨不管他,自顾开了车门进去。黑色的保时捷小跑车,有着邪恶的美。

夏林轩回过神来,才发现爆了胎,连忙敲窗玻璃,说:"有个胎爆了。"许霜晨下车来,看看这情形,说:"看来今天只能走路回去了。"夏林轩说:"那我陪你坐公交车回去?"许霜晨皱眉说:"我不知道坐哪条线路。"

夏林轩马上扔掉吉他,自告奋勇推出单车,表示可以送她回家。许霜晨笑道:"很远的,怕你骑到半路就累坏了。"夏林轩不信,有这样绝好的机会,怎么可以放过? 马上吹牛:"我参加过单车拉力赛,你得相信我有这实力。"

许霜晨被他一本正经的吹牛逗乐了,不客气地坐上后座,怯怯地说:"揽着你的腰,行吗?"夏林轩心突突狂跳,把车踩得像离弦的箭一样。真的好远啊,在郊区的别墅群里,许霜晨终于说到了。如蒙大赦,夏林轩的衣服都被汗水湿透了。许霜晨朝他扬扬手说再见,就跑进去了。当了回车夫,居然没介绍下自己叫什么,真失败,夏林轩自嘲。

此后夏林轩和许霜晨算是认识了,从校门口到教室要走很久,夏林轩就做起了车夫。因为知道许霜晨都把车停在门口的树荫里,从来不招摇。他们也聊起过车,夏林轩发现许霜晨居然不知道保时捷,还问什么是保时捷,卖珠宝的吗? 夏林轩诧异她居然连这样的常识都没有。明白原委以后,许霜晨撇撇嘴巴,说:"我还嫌它难看呢,一堆破铁皮而已。又黑又丑。"这话若被保时捷老大听到会吐血的吧。

许霜晨也许正是这样不食人间烟火,才会有这样的出尘仙气。她完全不懂什么品牌,衣服也是挑素净的颜色简单的款式来穿,明眼人一看就晓得很贵。选修班的男生羡慕死夏林轩了,居然可以和许霜晨并肩走。

许霜晨像活在真空里,每天来上课,放学回家,连街都不逛。夏林轩带她翘课,去吃后街著名的蟹黄汤包,单车在树荫浓密的街道里穿行。那些秋日的午后如此美好,夏林轩甚至吸吸气,就好像依然可以闻到那些果子散发的成熟迷香。

许霜晨是寡言的女子,老是皱眉,凝神的样子最美。夏林轩想不通,这样的女孩子,有什么事情值得皱眉的。但是也没问,就一路带她玩。许霜晨的裙子总是紫色,蓝色,深深浅浅,大摆的长裙曳地。飞扬的青春啊,真好。夏林轩不敢开口说我爱你,怕吓跑了她,许霜晨总是给人冰做的美人灯儿的感觉,夏林轩担心自己出口气就把她化了。

许霜晨和夏林轩厮混得久了,脸色不那么苍白,有了人间烟火滋润的红晕。夏林轩带她去做一切傻事、坏事,爬树,翻墙,游泳游到感冒,去吃最旮旯儿里的手工小食,垃圾食品都那么好吃。许霜晨是随性的女子,会在单车的后面自顾自唱歌,嗓子很清甜,唱《甜蜜蜜》《小城故事》。可以唱好久,听得夏林轩一出神就差点撞电线杆子。许霜晨总是皱眉,不知在想些什么,有千百个奇怪而傻气的问题。一径喊他夏,这个字专属于许霜晨,夏林轩就喊她小眉。夏林轩有一大本日记,叫《爱眉小札》,天天写,记录着他们在一起的点点滴滴的快乐。夏林轩给她画了许许多多的速写,当然,也会有非分之想,但是会很脸红地再装回心里去。

还记得许霜晨说:春暖花开的时候,要去看海;想吃北京的榆钱炒鸡蛋;想去西藏,在佛前真心祷告。许霜晨对S城所有奢华的东西一无所知,也不感兴趣,她每天看本书就可以傻乐一天。她手上,只有一个很老很老的龙凤纹银镯子从未褪下,戴在二十岁的女孩子手上,也足够漂亮了。说是奶奶给的,不能摘。宽宽的镯子越发衬出手腕小得可爱。

她是那种吃一碗味道鲜美的牛肉粉丝就很满足的小女生,除了她的保时捷,她和其他爱撒娇的小女生一点区别都没有。偶尔也淘气,藏在树丛里想吓唬夏林轩,结果被夏林轩的一句"看那条毛毛虫"吓哭。夏林轩告诉她,自己的家乡在Z城,是出美女的地方,有好多好吃的东西,糯糯的青团子有山野清香,还有妈妈包的芋饺、苋菜包、南瓜饼,馋得许霜晨咽口水,说寒假一定要去尝。

一晃就到了期末,许霜晨忽然人间蒸发了。夏林轩连续三天等不到她就疯了一样。这才发现,没有任何一种可以联系的方式,她从来没告诉过他,是哪个系哪个班的,电话多少。这些人间烟火的事,好像与许霜晨全不相干。夏林轩连正课都不上了,天天在选修课的教室里等,生怕错过。是生病了?还是家里出事了?抑或是被谁挟持了?他把所有最坏的结果都想过了,憔悴得不成人形,每看到一个紫色的身影,都要追上去看个究竟。

三个星期过去,秋叶落了满地,每天有工人在不停地扫,夏林轩落寞的神色像那些凋零的叶子,人也瘦了一圈。忽然顾约他去第四棵水杉树下见面,说是有许霜晨的消息。夏林轩连饭都顾不上吃,就赶去等着。顾来的时候,边走边伤心:约了他那么多次,他从来没答应过。听到有许霜晨的消息,快得和豹子一样。

夏林轩一见她就着急地问:"你知道许霜晨在哪里?"

顾淡淡说道:"她不适合你,你知道她在哪里,未必会高兴。"

夏林轩说:"你以这样的理由骗我出来?"

顾叹气:"我们坐下来说。我告诉你,但是你得答应我,无论你听到了什么,都不能发疯,要冷静。"夏林轩颓然地坐下,听顾讲。"她是一只金丝雀,是心理学系的旁听生,上学只是为了消遣。"

"什么是……金丝雀?"夏林轩的脑子里有片刻的空白,费力地在脑子里搜寻解释。

顾:"就是被包养,明白吗? 这个可以解释为什么她这么小可以开保时捷来上学,和她一身的名牌。"

夏林轩暴跳:"不可能,你这是嫉妒。许霜晨怎么会是这样的人?"

那个年代,这样的人并不多见,大学里更是闻所未闻。

顾:"听我说,夏林轩。我好歹是本地人,谁家有保时捷,住郊区豪华别墅,随便一打听就出来了,何况车还是有牌照的。我不会骗你,她上学是为了打发时间,现在去了欧洲,那个男人发现她和你过从甚密,疑心她,不要她上学,带她走了。"

夏林轩的美好世界、流金岁月,到此为止。他一言不发地坐着,心里是轰隆隆的雷声和阵雨。第一次爱的人,神仙下凡般的美,居然是一个被包养的女子,太讽刺了。夏林轩在那个秋天,学会了抽烟,此后再也没有见过许霜晨。剩下的一个学期,只参加了毕业考。听从父母的安排,毕业以后,接受相亲,娶了安琴,把许霜晨深深深深地埋了起来。

三、不如归去

此后的夏林轩,很拼命地赚钱,比同龄人较早地过上了优越的生活。可是他知道,那个心结一直都在,不然就不会如此迷恋穿紫衣的女子。他一直想问:你为什么会是那样的人?可是已经无从问起,人各天涯呀,到哪里去问? 这伤痕,却总是在的,在提醒他,爱过,并且伤得不轻。

夏林轩一直害怕秋天。秋天到了,他就能从落叶的舞姿里听到许霜晨的歌声,清而甜。秋风吹过,他就会无法遏制地想起,那些骑着单车到处跑的美好日子,许霜晨的长发飘散,裙裾飞扬,谁都以为他们是一对璧人。所以秋天,夏林轩会喝好多的酒,渴望沉睡。也会飞车去 S 城,在 A 大的门口,停上一个小时。没人知道夏林轩的心结。

夏林轩一直在猎艳途中,和不同的女人打交道,希望可以忘记那些过往。不是说,堕落里,有最原始的快乐吗?哪怕是无耻的快乐,夏林轩也要,只要能麻醉心里的疼,一分钟也好。那个傻气的薄荷,爱皱眉,就像许霜晨惯有的神气。于是不由自主地会打电话给她,和她聊不相干的话题。

其实有很多的机会,夏林轩可以像对以前那些女人那样对薄荷,但是夏林轩没有。他下不了手,这是他十年来遇到的,唯一与许霜晨神态、气质相仿的女子。他几乎要弄错,在电话里喊小眉,薄荷就嚷嚷:你又把哪个女人的名字安在我身上了?

偶尔出去吃宵夜,然后送她回家,听她讲最近的际遇,分手的男友不停骚扰,害她噩梦连连,薄荷就讲这些梦给夏林轩听,然后问:"是不是可以拿去拍恐怖片? 夏林轩坏坏地笑:拍三级片还行,恐怖片谁要看?"

薄荷马上问:三级片是不是票价便宜些那种? 多像许霜晨的

那个"保时捷是卖珠宝的吗?"一样的白痴问题,夏林轩听完这话,差点把一口茶喷出来。最近居然不大喝酒,改喝茶,因为薄荷说,一身酒气的男人很可恶。他去见薄荷之前,的确不喝酒,怕自己喝多做什么傻事,他良心发现,不想伤害这个纯洁无辜的薄荷,她的眼睛这样清澈。

有好多瞬间,薄荷身上散发的茉莉般清芬,会让夏林轩忍不住想轻吻她额头,但他拼了命地忍住了,吓跑她就不好了。仔细算算,离那次早春的盲约有十个月了,又是一年薄秋来了。和一个萍水相逢的女子保持这么久的联系,对夏林轩来说是史无前例的。

百无聊赖的时候,夏林轩发莫名其妙的消息给她,告诉她今天看到了一片落叶掉在前窗,一叶惊秋。薄荷会告诉他,秋天适合到郊外去独自唱歌,郁闷的话可以自己开车去试试对着山吼一吼,把不开心的事找一个树洞说出来,然后拿泥巴封起来。凉起来的秋天,连空气都寂寞,薄荷这样说。这些傻气的对白和古灵精怪的薄荷,总让夏林轩有些微微的感伤。往事若可以封起来,就好了。

翻翻日历,发现自己已好久没有声色场所,花样年华的妈妈恐怕惦记了吧。这样想着,不禁想笑,最近老是一个人去咖啡馆、茶馆,或者郊外,那些以前不喜欢去的安静的地方,发呆,听十年前的旧曲子:甜蜜蜜,你笑得甜蜜蜜。那些疼,好像收敛了一些,不那么尖锐了。终究是会好的吧,夏林轩这样想着。

薄荷一直失眠,无赖前男友不时来骚扰她。晚上夏林轩不给她发消息,怕她骂人,好不容易打个盹,又被吓醒了。有次是深夜,薄荷惊慌失措打电话给他,说有人跟踪她,跟了好久,她现在躲在一家鞋店里不敢出去。薄荷说:"我知道同你说了也没用,你不会来救我的,你没理由来救我。"

夏林轩扔下电话,飞车去那个闹市区,果然看到了薄荷描述的男子,一顿好揍。对方连他是谁都不知道就捂着脸跑了。夏林轩身手矫健,摆平个把小流氓,是小菜一碟。然后打电话给薄荷:他去医院了。薄荷出来看,发现了门口的夏林轩,不敢相信他真的会来,他们只见过三次而已。

夏林轩把她拉进车里,发动车子。薄荷问去哪里,夏林轩很坏地笑:"去开房。"

薄荷说:"为什么?夏林轩说:你傻呀,我刚打了人,他报警怎么办?我出去躲两天哪。"

薄荷急了:"那连累你了,会不会被抓起来?"

夏林轩说:"我又没要你以身相许,你急什么?"

薄荷马上涨红了脸,不说话。

夏林轩知道吓着她了,就说:"那么今晚我们去喝一杯,我敢保证这个无赖以后不会再找你了。我告诉他我是你男朋友。"

薄荷马上说:"又瞎说,谁要做你女朋友。"

夏林轩说:"想出去透个气而已。"

夏林轩径直开上高速,来到S城,不过三小时车程,夏林轩开得像离弦的箭,两小时差十分,就到了。

薄荷惊魂未定地跟着他进了一间酒吧,不是很吵的,灯光暧昧朦胧,夏林轩大概是熟客吧。找个角落的位子坐下,点酒喝,找半天还是替薄荷点了柠檬水,夏林轩想想万一喝醉,总要有人是清醒的吧。于是薄荷就喝柠檬水,眼睛滴溜溜忙着看昏暗灯光下的人,一看就没有来这种地方混过。

距离上次来这里,有十年了,夏林轩不大敢进这间酒吧,因为同许霜晨来过,太多的回忆在。那个唱歌的人应该换了又换吧,以前有个长头发男人会唱嘶哑版的《甜蜜蜜》,不仔细看以为是迪克牛仔。

薄荷继续像小孩一样东看西看很来劲,悄悄地和夏林轩说,有个女人没有穿内衣,真开放。夏林轩笑她:"原来你也看这些啊。"薄荷淘气地说:"来都来了,有什么不能看的?"

忽然小舞台上变得很安静,灯全灭了,只剩下一束光,出来一个穿紫衣的女子,长发如瀑,左手腕上戴一个宽银镯子,坐在高凳子上,在吉它的伴奏下轻轻地唱。唱的是:"甜蜜蜜,你笑得甜蜜蜜,好像花儿开在春风里,开在春风里。"

这时,夏林轩忽然像石雕一样定住了。这心心念念梦里的人,居然也在这里,唱那么多年前的老歌,是个梦吗?夏林轩一言不发,泪却爬满面颊。薄荷被吸引住了,也没回头看他。

他就静静地哭着,这么没出息地哭着,十年没见,以为见了该说些什么,却原来是无言流泪。那些寂寞长夜的锥心刺骨的思念,好像就是为了今天的重逢。唱完了,她欠身走出去。夏林轩缓过神来,对薄荷说:"你哪里都不许去,就在原地等我。"说完就冲了出去。

薄凉的秋夜,夏林轩穿得单薄,被风激得打个寒战,酒醒了一半。那个紫色的影子呢?难道是幻觉?绝不是,怎么可能看错?四顾无人,转身才发现她在身后,素颜,长长直发一如多年前,披着深紫的大披肩,还是那样瘦得让人心疼。夏林轩全身哆嗦着,却说不出话来。许霜晨也是,看着他,不敢向前。半晌,许霜晨才说:

"我的车,在前面。"

在许霜晨的车里,夏林轩还是不敢相信身边坐着的这个人是真的。许霜晨说:"夏,这些年,好吗?"

夏林轩终于相信这是许霜晨,但是说什么,好,还是不好?

许霜晨说:"我知道你想问什么,你眼睛里全是问号。我之所以会回这里唱歌,就是为了能遇见你,和你解释。不然我一辈子都不会安心。"

接下来夏林轩听到的,就是那个在心底里折磨他多年的秘密。许霜晨家里无力供她上学,她出来打工,遇上一个愿意为她提供学费的宋,代价是五年的青春,于是她跟了他。人在世上总是这样吧,拿自己所有的,换取没有的。许霜晨用美貌和青春,换了大学的学费。

虽然物质富有,许霜晨还是觉得自己身份特殊,于是就没交什么朋友,独来独往。夏林轩是唯一的一个让她可以放心把手交出去的人,因为他清澈的眼神。许霜晨相信他是善良的。宋宠她爱她,但决不容忍她喜欢年轻的大学生,如夏林轩。所以当他们靠近之时,其实也就是分离的开始。

五年以后,合约期满,许霜晨恢复自由身。宋也曾央求她留下来,说可以给她名分。她却执意不肯,飞回来,在 A 大附近找了个工作。像夏林轩一样,今夜是第一次敢独自到这间酒吧,唱一支心曲。这世间的事,就是这样被安排好的。我们生来就是被命运捉弄的。

就在十年前的今天,夏林轩用单车载她回家,那个汗涔涔的傍晚呀,近在眼前的样子。正是这些温暖的瞬间支撑她活过沧桑,走过三千多个寂寞长夜。但是有完美情结的许霜晨，是无论如何不会跟夏林轩回去的，夏林轩太知道她。

讲完，是长长的沉默。原来自己爱的那人，不是镜花水月，也没有凭空消失，只是独自承担了人生的无奈。但是现在，能怎么办呢？

隔着遥远的时间和空间，大家捡回了失落的记忆，却也只是记忆而已。许霜晨最后说："好好待你的妻，我要回家照看孩子去了。就此别过吧，夏。我们回不去了。"

说完，她轻轻吻了夏林轩的额头，那是夏林轩梦想了十年而未能得到的吻。夏林轩心头一颤，那心底的疼，经这温柔的一吻，终于渐渐消散。

夏林轩连夜回了家，一路上缓缓开着车。十年前的心动，十年来的寂寞纠缠，一下子淡去，夏林轩觉得自己终于是解脱了。秋天，终于不必害怕。那些落叶歌唱的声音，也可以跟着轻轻和。薄荷很聪明地判定，他的病，从此是好了。没错，夏林轩痊愈了，虽然这痊愈的过程是这样漫长而艰难。但是今晚他遇到了自己的药，唯一的解心结的药。从此，可都是好了吧。

夏林轩决定改邪归正，做一个好人，像许霜晨说的那样，好好对安琴，养一双儿女，慢慢地老去。此后的秋天，你若在落叶的日子里遇见夏林轩，他一定是在家里，妻在旁边绣十字绣，他打理门口的草坪和玫瑰，陪儿子玩耍。现在他车开得很慢，并且不再幻想有很多钱可以买保时捷。俗世流年，平安就好。那邪恶的黑色保时捷，不是谁都有福气开的。不如隐身在这茫茫人海，做一粒最平凡的沙砾。有人陪着你变老变丑，喊你一声老头子，已经很好。夏林轩知道,许霜晨也会这样过下去。而薄荷,说不定你今日在街上看到的那个有着天真神情的去买一把小菜的小女子,就是薄荷。

夏林轩与薄荷的秋天,终于了无痕迹地过去。

夏未央

在遇到夏嫣然之前,我的人生波澜不惊,是一张白纸。我想我是命里注定要遇见夏嫣然,然后受她折磨的。十三岁那年,我读初一。夏嫣然坐我前面,因为她最好的朋友栀子坐在我后面,所以她老转过来喊:"栀子、栀子。"那声音里带着甜味,眼睛里全是笑意,低头不敢看她,没来由地涨红了脸,只管低头装作做作业。

等她转回去,我才发现自己一个数字都没算对。我悄悄问同桌小海:"我前面这个女生是谁? 看起来很聪明。"小海说:"夏嫣然。我看过她的成绩,是第十一名,还不如你我呢,不见得多聪明吧。"

两个月以后的期中考试,我的话就被证实了,嫣然是班级第一名,把我们远远甩在后面,但是没有看她用过什么功,她有摄影记忆,过目不忘。小海说:"许唯,你是算命的吗?"我笑,嫣然的眼睛里透着聪明劲儿,有这样的一双眼睛,怎么会蠢?

十三岁是我叛逆期的开始,我的叛逆以沉默的方式表达。和爸爸妈妈,根本不说话。他们只会唠叨,十几年不变的腔调,无非是要我认真读书听老师的话之类。上课时的消遣,就是那支有小圆镜子的圆珠笔，我用来反射太阳光，一个个小光斑在墙上游走像自己渴望自由游走的心。不经意间也会看到自己唇上蠢蠢欲动的葱茏。

从夏嫣然桀骜的丹凤眼掠过我头顶的那一刻起，我就知道，自己是躲不掉了。无论我走在哪里，都有这样一双笑起来会让我沉沦的眼睛在。何况我还天天对着她的背影。

每天递本子上去，我从来不喊她名字，只会说：哎。小海笑话我说："你什么时候才敢开口喊一声嫣然？"我从女生艳羡的眼神里知道自己是长得不错的，功课也过得去，应该没有什么自卑的理由。可是我见了嫣然就是没来由地自卑。除了那声"哎"，我甚至不敢开口叫她名字，虽然夏嫣然这三个字无时无刻不敲在我心上，但我就是如履薄冰地怕，怕她猛回头时看穿我。

也有好多大胆来搭讪的女生，给我送各种玩意。我简直怕死她们了，低头疾走装没听到。情书也收过几封，说是喜欢我，说我长得像林志颖。我最讨厌林志颖了，因为嫣然说她讨厌林志颖，说林志颖像女人，眼睛那么大不好看，于是我真的恨死自己的大眼睛。

夏嫣然，是有骄傲的理由的，老师们都喜欢她，功课这么好，却从来没见她多用功背书，手边的闲书永远一本本换不停，语文课上更是明目张胆看《红楼梦》。但随便什么时候老师让她回答问题，冗长的历史问题她都背得滴水不漏，历史老师的厚书还没翻到她已经背完了。唐诗宋词就更不在话下，出口成章说的就是她。

夏嫣然的骄傲和出色注定她无法与平庸聒噪的女生为伍，所以她只得栀子一个女朋友。栀子是另一个女学霸。其他的小女生,老是三五成群,吃饭洗衣服都要手挽手一起,而她永远低头走路,漫不经心边走边踢小石子。

我习惯在小操场搜寻她低头走路的样子。有件白T恤和一件藏蓝色的背带小格子短裙,穿起来很配她的短发。男生们那时流行郭富城的分头,养长了可以故作潇洒甩一甩头。只有她的头发比男生还短,细碎地贴在脸上,好多小卷。她瘦得厉害,又高,走路的时候总是满怀心事的样子。她的作文永远得最高分,被贴出来,惹人围观、评议、羡慕或嫉妒。她很凶,没事从不和男生搭讪,没有男生敢去激怒她。她好像天生就不是合群的人,近得了她身的朋友很少很少。她连眼角余光,都不会扫到她不感兴趣的人和事。我一早就知道,她的世界我理解不了,也离我很远。偶尔听到她跟栀子聊莎士比亚,在寂寞无聊闭塞的乡村初中,她读叶芝和莎士比亚的书。

这个问题困扰了我许多年,我究竟喜欢她什么呢?我罗列了很多理由:聪明,漂亮,骄傲,会写文章,短发的另类,独来独往,我行我素?结果发现没一条是能成立的。我是没有理由地迷恋她,心里默念这个名字时,是温柔的悸动,或者,我只是迷恋这种片刻的心跳吧。正是这种没有理由,我才找不到逃走的出口,或者我根本没想过要逃。

从十三岁到十六岁,少年情怀总是诗,我的眼睛追随了她三年。无论何时何地,我远远就能分辨出那个瘦瘦的影子,心就会咚咚狂跳,然后等她从我面前经过,我却张口结舌,像舌头打结了一般。我是善于隐藏心事的人,谁都不知道我的秘密。大约是说梦话吧,泄露了她的名字。好事的男生就跑去跟夏嫣然说:许唯喜欢你哪。

夏嫣然淡淡地说:是吗? 那种满不在乎的样子令我很受伤:原来我的喜欢,是这样不值一提。可我还是无可救药地迷恋她的一颦一笑。中学三年,我不是坐她前面,就是坐她旁边,位子换来换去,都没有离她太远,却没有对白,真的不记得我们说过什么。但是我能偷听到她背书,声音很清脆,就很满足了。她一个人坐,不需要同桌。她也和人讨论几何题,思路清晰,偶尔辩论起来,爽快得简直泼辣,完全不像是个内向的人。

但是她为什么这么不爱和人打交道呢? 一个人看些书,就把青春期过完了,居然还没有近视。离她最近的一次,是我在埋头整理书包,她是值日生,扫到我脚下了,我尚不知觉,她说:“哎,让一下,你是要回家吗?”我低着头,知道是她,慌得书都要掉出来,随口说:“是,回家。”该走了,却舍不得离开这位子,就欠身让她扫好,然后继续假装整理书包,等她都扫完了,我还是没把要带回家的书收拾清楚。只有表面平静,激流暗涌的心在雀跃。

我和小海都是英文盲,嫣然英文却是极好的。小海就老跑去问很白痴的英语问题,嫣然和小海处得不错,偶尔还要取笑他的:“小海,你的中文注音注得很准嘛。”

小海脸皮厚,才不管呢,听她飞快地解释语法,一头雾水地回来。我笑他又不懂装懂了,小海就逼我,有本事你自己去问来。我马上噤声。她皱眉研究数学问题的时候,小海会怂恿我过去帮忙,我抵死不肯去,只在远处看她眉心皱得可爱。小海看不过去,就去当三脚猫老师,告诉她很另类的解题方法,然后说是许唯的主意,许唯就是这么算的。小海这么做,虽然有点八婆,但是至少她知道了我的存在,我还是高兴的。

有一次午睡,我正坐她旁边,我偷偷眯眼看她,像洋娃娃,长而翘的睫毛乌黑浓密,我忽然有想去轻抚这扇子似的睫毛的冲动。她忽然睁开眼睛,好像洞悉我的心思,吓得我连忙闭上眼睛。心犹自跳个不停,那种狂跳,以后都不再有。我知道,要是我一睁开眼睛,我的目光一准出卖我,像小海说的,看你这眼神,傻子也知道你喜欢她。

后来,我做了销售,几乎天天出差,永远在路上,生活颠沛流离。间或有嫣然的消息,只是我已无暇再去花大把的时间用来怀念那场青春期的暗恋。要么是累得睡着,要么是醉得睡着。也不是没有梦见过,但是梦里的她,还是这样冷冷的眼神,让我不敢靠近。她是我生命中的一缕惊鸿,天空没有留下翅膀的痕迹,而我确实这样深深地爱了她多年。我忙得脚不沾地,连除夕都不回家,就是想告诉自己,我很忙,忙到没时间再想那个没有给我任何希望的人。

有一天,小海告诉我嫣然的号码,小海是嫣然为数不多保持联系的朋友之一。此时我在俗世摸爬滚打五年了,距离那次心动已十三年。做了五年销售的我,已经巧舌如簧,可是拨她的号码前,我还是想不出来该说些什么好。我真怕她说不记得我,问许唯是谁。那我可怎么往下说?最后我拨了她的号码,不等她接,就挂掉。这是唯一的,和她联系过的记录。我希望她能打回来问问我是谁,但是没有了下文。我在嫣然那里,就是一个打错了电话的人吧。

有一年到宁波出差,吃海鲜吃出了急性阑尾炎,疼得要昏过去的刹那,我以为自己要死了,脱口而出的名字是嫣然,心里有一丝丝后悔,为什么不敢开口啊? 连一句寒暄都不敢?

麻药的劲儿过去以后,医生问我,嫣然是你妻? 你高烧时一直喊她,要不要叫她过来? 我无语,这深入骨髓的刺青啊,怕是一生一世的烙印,再也别妄想能除掉。这十三年里,前八年我在努力想念,后五年我在努力忘却,因为知道了不可能。

嫣然,从来没有给过我微笑,从来没有给过我希望。而且她很直截了当地告诉过小海,我生得这样孩子气,不是她的那盘菜。她喜欢冷峻的男子,比如邵兵、胡军那样的。我知道我这辈子就是林志颖了,晒得再黑一点,也成不了邵兵的。

小海像个间谍一样,时时向我报告嫣然的近况。他是我和嫣然之间的中间站。这世上的事,就是这样奇怪和不可理喻,嫣然和小海如手足,我和小海也如手足,可是我和嫣然始终是陌路,连开场白都找不到。我一见她,无论在哪里,所有的空气都会凝固,除了张口结舌就是期期艾艾,嫣然永远不会看到我与人谈判时自信磊落的样子。所以小海做了多年的传声筒,只让嫣然知道,我喜欢她,但是我什么样子,嫣然恐怕都忘记得七七八八了。

再见嫣然,是在小海的婚礼上,我远远偷偷打量她,一点没变,白衬衣,蓝布裤子,光洁的额头,散发朴素却馥郁的气息,没有左顾右盼地找人说话,什么菜都只吃一点点,还是十六岁时的神情。站起来的时候,身量比我上一次见她,又高了,上一次见她,是在七年前的同学会上。她还是那样瘦。她的傲气,我五里外都能闻到,她笑得那样美,可是又那样冷,她根本不属于这个喜宴的热闹气氛中的人。我猜她也不会喜欢这样闹哄哄的场合,果然没等小海来敬酒,她就走了。事后小海骂我,为什么不去和她坐一桌?坐那么远,这么多年了,这句开场白还没想出来吗?真是没用的家伙。

我只是笑,我知道对着嫣然,我永远都说不了那三个字,别人能轻松说出口的誓言,对我来说,却是曾经沧海难为水。何况我们现在根本是两个世界的人,我许不了她一个未来,不如抽身离去,像歌里唱的,很爱很爱你,才舍得让你,向更高的天空飞去。嫣然的天空,从未在我这里,我一直都明白。

我只有告诉小海,以后,别再提她了,把这一页翻过吧。小海说:"我倒是希望你早点翻过去,能过得正常一点。"可是我知道我不行。为了忘记这段没开始就夭折的感情,我试过所有办法:抽烟,酗酒,飙车,赌钱。但是醒过来的一瞬间,我的脑子里出现的,还是嫣然的笑,虽然笑已经这样远了,像薄荷一般凉入骨髓了,我还是忍不住留恋。连小海都说,你的堕落,就为这样的理由,真欠揍,你知不知道人世还有许多美好的东西值得你去追求?小海的话跟汪国真的青春诗篇一样能酸倒牙,可是道理还是不错的。

我也知道他游说嫣然很多次,让她来劝劝我,让我能回家过年,找个姑娘谈恋爱,结婚生子,过正常人的生活。但是嫣然说,既然从未开始,就不能让她为我的堕落负责。她不会给我希望,以前不会,以后也不会,爱情不是做慈善。小海为了我,几乎和嫣然决裂。他太知道我的疯和魔,可是感情这么私人的事情,谁帮得上呢?我能理解嫣然的决绝。是,爱情,是不能施舍的,既然没有希望,那就不要给任何火光。她的个性如此。我爱的正是她这份与众不同的洒脱与决绝。

我自顾自地堕落着,做销售这一行,要堕落真的太容易了,天天出入声色场所也是我的工作之一。不回家，不听父母要我结婚生子的唠叨，我看起来很逍遥。但是谁知道我宿醉醒来，心心念念的名字从未变过呢？我大概是没有爱情免疫力的家伙。这场神经病也不知什么时候会好，我也不关心到底什么时候能好，就这样混着吧。

我是在放弃自己以后遇到花青的。她有嫣然一样的高挑个子、桀骜的丹凤眼，在酒吧喝得烂醉，正要被人非礼，她尽力反抗着，抬手就给那小子清脆火辣的一巴掌。我在这里久了，看得也多，这样的事情天天都在上演，我从来是看客。

可是花青的蓝布裙子打动了我，居然有人穿这样清纯的衣裳来喝酒，嫣然整个夏天都穿深深浅浅的蓝。我刚好也是三分醉意，就不管不顾地拉着她跑了。还好跑得够快，那寻事的人也醉得踉跄，没追上来。花青已经醉得一塌糊涂，吐了我一身。我本想把她安顿在宾馆里就走的，但她在那喊：许唯，许唯。我吓一跳：她是谁？怎么会知道我？

我折回去，看了半天，也没想起来她是谁。后来那天我睡地板，她睡床，我开着昏黄的灯，一直看她的睡脸，眼角还留着残妆，那高挑的眼角线条，和浓密的长睫毛，以及小嘴唇紧紧抿着的美好线条，有些嫣然的神气。

我希望自己再醉一点，那样我就可以错认她为嫣然，然后抱着哭一场了。那天是嫣然的婚期，我一早知道，不敢独自面对寒夜，就跑去酒馆打算喝到天明，没想到撞上了比我醉得更厉害的花青。这花一般的女孩子，难道也和我一样，有颗破碎的心吗？喝得这么醉，被人卖了她也不晓得。

　　我醉着,却还是彻夜无眠。刚认识嫣然的时候,是炎热的夏天,学校提前给尖子生补课。我从此就执迷不悟地欢喜夏天,那些蝉鸣鸟叫,葱茏树影,都是那样的亲切可爱,那是我生命中第一个恋爱季呀,嫣然的蓝布裙子像夏日的冰淇淋一样悦目清凉。

　　我多希望夏日绵绵不绝地延续下去,不要秋凉。连我的网名,都叫夏未央,就是没完没了的夏天之意。可是过了今天,我知道那个夏天的梦想终究是变凉了。我什么也不能做,只能看着她远去,身影变模糊,像一支舍不得吃、来不及吃就融化的上口爱。这么多年了,我一直想给嫣然一支上口爱的巧克力冰淇淋,却没有得到过任何机会。

　　我们注定是要变成陌路,然后各自天涯的。我忽然发现我的逃避是这样的苍白,越醉越清醒不是吗?我的脑子里像放电影,那些曾经的一幕幕,在醉酒之后居然变得更明晰。那一转头时带着浅笑唤着栀子栀子的嫣然,那抱着书低头疾走在小路上的嫣然,那同学会上长发飘扬大口喝酒的嫣然,那毕业典礼上白衣翩翩凝神沉思的嫣然,都是我此生难消难除的烙印了。

　　我泪洒了一脸。这么多年,我没有为谁哭过,现在,我为自己哭,为自己永远都不可能再说出口的爱哭,为我十三年病入膏肓的相思哭。我甚至没有勇气去看她一生最美的时刻。那一身的白,多么适合孤傲的嫣然呀,可我不敢去看。我怕我会发酒疯,毁了那场婚宴。我逼着自己坐到小酒馆里,一杯一杯地打发这个无聊的长夜,只求一醉。

　　天亮时分我才迷糊地打了个盹,花青醒得比我早,她是被冻醒的,酒吧里逃出来的她只穿着薄薄的裙子,而此刻正是初春,我醉得忘记开暖气。

她后来这样描述我：神情像只困兽，头发胡子都乱得和流浪汉一样，和衣躺在地上，眉心皱得很紧，瘦得形销骨立。她给我盖了被子，自己也抓了被子继续睡。等我们的酒都醒透了，已是第二天的午夜。我害怕面对的那个时刻，居然不是独自一人，很多人很多事，真是上帝安排好的吧。我在半夜洗脸刮胡子，花青闯进卫生间，在背后惊呼："哎呀！洗干净了原来这么帅。"我被她夸张的神态逗笑了。她马上说："笑起来好像林志颖哦。"我马上丧气地沉下脸，我要是能黑得和邵兵一样，才好呢。

花青在旁边咯咯笑着，说我的脸变得怎么这么快。后来，她一直缠着我，要我陪喝酒逛街吃饭过周末。在所有我可能无聊的时刻，她都会及时出现，拉我去玩，比如说打小麻将，打电玩，去郊游什么的。这些比起酗酒、飙车，总算是安全多了。花青是不给我思考余地的人，她的理由是：我都陪你睡过觉了，你陪我打个麻将算什么？不由分说地就跳上我的车，赶也赶不走。

天知道我们醉成那样，真的只是埋头睡觉而已。我所有一个人的时光，都被她霸占了。夜店泡得少了，我的气色也变好了。我也问花青，为什么醉酒的那一夜，会喊我的名字？花青说："那是另一个很长很长的故事，以后我会说给你听。我就是想照顾你，天天跟着你泡在酒吧里，你对我熟视无睹，我只好发酒疯了。"原来如此，缘来如此吧。我不再深究。

花青冷起脸来，就是十六岁的嫣然的样子。无论她说什么，我都没法反驳。所以当她说我们结婚好了，我也没反对，我怕再也找不到这样的人了。当然这是我的秘密。小海说："花青三分像嫣然,你哪儿找的这人?"我老实说:"酒吧捡来的。"小海说:"许唯呀,你从此可都改了吧。"我大笑,小海哪里学来的这林妹妹劝宝哥哥的话。小海说:"许唯,我多少年没见你笑得这么爽了。"我一愣:"是吗?"好像我把心思藏起来以后,就难得这样大笑了。

我们结婚的消息,老朋友一个都没通知,连同小海。事后他气急败坏地骂我见色忘友,我也不在乎。我说,我想把那一页翻过去,连同你一起翻过去,明白吗?

小海不再骂我没良心,出来喝了一次很克制的酒,我们都只字不提嫣然和花青。小海说:"兄弟,你总算尘埃落定,我真高兴。"小海就是这样文艺腔,被汪国真的酸诗毒害了半辈子,时不时冒出这么一句来。不过"尘埃落定"这四个字,大约适合所有结婚的男女,从此死心塌地地守着一个人过,不再妄想伤筋动骨的爱情,只有一菽一饭里培养起来的亲情。

没错,花青,是我的亲人,她亲手治好了我的伤,就凭这点,就值得我以身相许。花青甚至不追问我为什么喝那么醉,她什么都知道,只是不说。当然我现在很听话,每天饭后散步,陪她去超市买东西,手上提满塑料袋子。我的工资也用来还房贷。我不喝酒,不抽烟,不泡夜店,不再醉生梦死,我甚至能坚持听老妈三十分钟的唠叨而面不改色。

梦里,偶尔还会有嫣然,我还是会默默无语地跟着她走好长的路,心里还是一阵一阵地怅然和纠结。可我知道回家的方向,我不会在梦里因迷路而彷徨。花青是我的解药,她把我从那场没有场景没有对白的哑巴暗恋里解救出来,并告诉我:"你真的很帅。"我重新自信满满,甚至有胖起来的迹象。一切的一切,都是花青的功劳。

张爱玲说,男人的生命里,有两个女人,一个是白玫瑰,一个是红玫瑰。我娶了红玫瑰,白玫瑰化作心底的月光。俗世烟火治愈了求而不得的不甘与不舍。生命中这场夏天般灼热盛大的暗恋,终归于烟尘。

一抹旧蓝

一

朵朵是在十六岁的春天,初二的第二学期,遇到陈家宁的。他刚好抱着个球,踩着铃声跑回教室,头发尖上的汗水滴下来,春寒未去却穿得单薄,浑身上下都充满活力,像窗外不断拔节的春笋一样。他几乎是冲进教室的,带来了室外的冷风。冷风灌进了朵朵的脖子,朵朵不由得抬头,刚好看到他,心里像是被什么击中了,有种奇异的亲切感。

朵朵已经近视了,可恶的眼镜遮住朵朵漂亮的眼睛轮廓,又有点婴儿肥,自觉像只丑小鸭,所以不肯同人多说话,怕被人耻笑。头发永远理成短短的童花头。

老师喊住他说:"陈家宁,你坐朵朵后边吧。"就这样,陈家宁坐到了朵朵后面。朵朵是喜欢独处的女生,坐在窗边,看看安静的云朵,想想心事。

男生一般很闹腾,这个陈家宁却出奇地都安静,除了打球的时候满场飞,进球会吹响亮的口哨,回到教室就判若两人,汗涔涔的的侧脸甚至有点可爱,让人有想替他擦去汗珠的冲动。朵朵偶然帮他传个作业本子过去,竟不敢与他正面对视。他端坐在那里,几个小时不发一言也是常事。

陈家宁是复读生。第一次月考下来,数理化三门几乎都是满分,班里原来的那些尖子生全败下阵来。连老师都不免朝这里多看两眼。朵朵是文科型的女生,数理化是死穴,学得异常辛苦。看看陈家宁不花什么力气就这么优秀,是很佩服。他只同另外两个复读生很要好,即阿楠和华生。三个人像三剑客一样,球场上他仨一出现,就所向披靡了。

不知怎么,老师像特意要分开他们一样,让他仨坐在教室三个分散的角落里。原是一处来的,三个人生得都鬼精灵,除了英文读得疙疙瘩瘩、语文作业不肯做外,其他的都很优秀。

课余时间三人都相约去打球,满场都是他们的口哨和击掌声音。他们也总是要老师再三吆喝才肯进教室。陈家宁的妈妈是另一个学校的老师,想办法把他转学到这里,所以老师特别关注他。他是动静相宜的人,玩起来疯,静起来倒也没一点声响。

朵朵是语文科代表,每回语文作业都是他们仨拖着不肯交。朵朵常被闹得脸红,还好意思站在旁边等他们写完吗?陈家宁倒是没多话的,可恶的是阿楠,总是说:"朵朵,你在旁边我的作文更写不出来了,要不你替我写一篇吧?"背古文也是,老师催得紧,每天都是朵朵留下来检查监督。他们仨一个字都不肯念,趁朵朵不注意就一溜烟跑了。朵朵哪里追得上,只听得他们在操场上耍球技惹女生尖叫。打小报告不是朵朵强项,可是弄虚作假又做不来,每次都是朵朵为难。阿楠话最多,跑之前不忘吹个响亮的口哨:

"朵朵，我们走啦。"

那时大家都很拘谨，女生没事不会多和男生讲话。朵朵最多也就是催作业的时候同他们说两句，还要脸红。阿楠最爱打趣朵朵：朵朵，好朵朵，你就饶了俺弟兄吧，你别妨碍我们体育锻炼呀，老师说体育也有三十分。

华生和陈家宁总是趁这个空当悄悄溜走。朵朵拿他们一点办法都没有。这三个人，真是班里最让朵朵头疼的男生了。所以除了催作业，朵朵一句话都不肯同他们多说。现在想来他们也不过是爱玩，也没那么坏。阿楠知道朵朵爱脸红，于是就很喜欢逗她。有时陈家宁会帮朵朵，叫阿楠别闹了。阿楠听陈家宁的话。三人的作业里，陈家宁交得还算勤，华生也是，阿楠简直是上天派来折磨朵朵的。

朵朵常常想跑去和语文老师说，不要做这个劳什子的科代表了，可是语文老师那么看重朵朵，又借书给她看，朵朵回绝不了。于是阿楠拖，朵朵也拖，不到最后时刻，朵朵不去阿楠那里讨作业。真的是讨呀。阿楠这只猴精，少写一个中国字都是好的。

后来陈家宁总是帮朵朵解围，他只要说声："阿楠，我们作业做好打球去吧。"阿楠就乖乖地先写语文作业。朵朵很感激陈家宁，可是他的沉默让朵朵连谢谢都不敢说，怕他没反应，会尴尬死。

记不得是哪一次月考过后，朵朵的物理卷子照例很难看。朵朵没有同桌，喜欢一个人坐，也不好意思去请教同学，因为他们讲一遍，朵朵未必听得懂。朵朵这样内向怕羞，不肯问第二遍，到后来就想自己琢磨算了，不去麻烦别人。

那天朵朵正和一道力学题进行艰苦斗争，不得要领，都忘记去收作业了。真是很强的挫败感啊！为什么这个题目力的方向箭头都和天书一样，哪条定律都用不上？朵朵啃着铅笔头，左右比画都不成，陈家宁喊了朵朵半天她都没听见，他只好自己把本子给朵朵。他第一次离朵朵那么近，瞄了一眼朵朵物理卷上的那些红叉叉，从桌上拿起一只笔唰唰三两下，就解完了。朵朵不敢问他为什么这样做。他看朵朵还是不懂，就拉张凳子坐下来，一步一步地讲，每一步都说："这么说，你听得明白吗？"

六月天，陈家宁头上流出汗珠，那汗里好像蕴藏着男孩子蓬勃的生命力，朵朵有点贪恋这汗酸味。等三道大题目讲到等朵朵明白，华生他们已经在操场打球了。他们什么时候出去的她也没发觉，以前他们出去总是要到陈家宁这里来绕一绕。今天好奇怪，都闷声不响地跑了。作业也整整齐齐地放在桌子上，不用朵朵去讨了。难道一夜之间懂事了？

朵朵揉揉酸胀的太阳穴，没有别的话好讲，只会说："谢谢，家宁。"朵朵向来不是伶俐的女生，不会说笑话，只会闷头写字，应该是很无趣的一个人吧。陈家宁笑笑："小事情。以后不会做题，转过身来，我会给你讲的。"朵朵只答应了一声："哎。"

教室里，只有他们俩在这耗费了放学后最难得的闲暇时光。

"只是耽误你打球了。"朵朵想半天才找到这么一句。

陈家宁说："一天不打不要紧。"

晚饭的铃声响了，他说："哦，该吃饭了呢，我们下去吧。"

朵朵注意到他用了我们，很开心。

去食堂的路原本很长的，他们一前一后地走着，没有再说别的话，那路那天好像特别短，一走就没了。

朵朵在后面,一路看着他的蓝衫子,有点晃眼睛,旧旧的蓝格子,这样适合他。朵朵也是喜欢蓝色的人。不知听谁说过,喜欢蓝的人都是忧郁的,能把蓝穿得好看的人,都是有心事的人。

朵朵原也有一些蓝衣裳,只是洗旧了,女孩子细密的心思刚开始发芽嘛,女生都穿雪白的衣服,没有人穿蓝色。朵朵其实喜欢穿,却不大敢穿,怕她们说。但是看了陈家宁的蓝衣裳,朵朵好像为自己的蓝衣裳找到借口,回家翻出那件蓝底小碎花的衬衫。是她最爱的衣裳呢,有窄小的腰,穿起来也不显胖。

朵朵还是不肯多穿,每周只穿一次,还是怕招摇。朵朵不是特立独行的女生,不像隔壁班的安果儿,天天一身雪白的长裙子,早早就穿有后跟的凉鞋,夺去所有男生的眼球。朵朵把自己深深藏在那些不起眼的衣服里,没人注意到才好,这样才能安全地胡思乱想,写写小散文发发呆。

蓝色让朵朵安静,数学物理化学,这三门真是让人头疼的科目,没有头绪的时候,朵朵停下来数数衬衫上的花朵,太阳穴擦满风油精,挨过头昏脑胀的那一刻,再接着耐着性子找头绪。陈家宁好像知道朵朵在烦什么,会把题目写在小纸条上递过来,每一步都写得很清楚,用哪条定律,间或还有他自创的快速计算的小窍门。像一贴安神的良药,朵朵再也不用在数理化的门外徘徊找不着北了。

华生和阿楠,好像也安静了,天天按时交作业,不再难为朵朵了。大概是陈家宁的意思,他们仨陈家宁是主心骨。偶尔作业实在多得做不过来,得朵朵自己去收,在旁边等上一会儿。阿楠也不再打趣朵朵,闷头写好就交给朵朵,虽然他的作文总是破绽百出的,但总比没交要好。

最近他们仨打球的时间明显少下去。朵朵也不知道为什么。只看见华生好像迷上了画画,总拿圆珠笔在那涂涂抹抹的。阿楠呢,看漫画书。这么大人还看这么幼稚的书,朵朵总在心里偷笑,可是不敢得罪了阿楠,憋着不说。阿楠好像还买了不知什么牌子的香水,每次过去都是一阵淡淡的清香。朵朵亦觉得奇怪,小男生的心思一样深不见底,好好的怎么用起香水来。

那天朵朵去收华生的本子,看见他慌慌张张把一个东西藏进抽屉里去。朵朵也没留心看。有个碎嘴的女生好管闲事,看见了,以为他有什么见不得人的勾当,那时看看武侠书都是要缴掉的,是禁书,快初三了,要分尖子班平行班的,所有的闲书都算违禁。那个女生眼尖,马上跑去告诉老师,说华生在看不好的书。班主任闻风赶来,要他交出来,他不肯,也不说话。

年少时真是倔强,受了委屈也不肯说,就知道死挺着。华生冷着脸在旁边,看班主任翻抽屉,翻半天没翻到。把一捆捆的试卷塞回去时,掉出来一张画,是个穿蓝衣服的人,脸还没画好,可是那衣服却眼熟得很。不是朵朵昨天穿的那件吗?班主任也未留心,只是说怎么还有闲心画画。

华生捡起那画来,放在身后,脸涨得通红,没有解释什么。朵朵很疑心那画上的人是谁,也不好问,向他望去的时候,他也正抬头望朵朵,不敢对视。朵朵说:"华生,古文抄写作业要交了。"华生的桌子向来是整齐的,这次翻了半天也没找着。朵朵说:"等下拿来吧,你别急,慢慢找。"华生的脸那样红,朵朵不敢在那待下去了。不是着急催作业,也闹不出这样的动静,朵朵有点内疚。

回到自己座位上，见陈家宁正看着天发呆，朵朵悄悄地打量他，侧脸的线条很完美，高挺的鼻子，金色的夕阳洒在他身上。他像什么呢？朵朵一时竟找不到词来形容，只觉得好看。朵朵不忍心打破这宁静，悄悄坐下，一点儿声响都没有。

今天的难题，家宁都替朵朵做出来放在第三本书的后面了。桌子上竖着一堆参考书，占了半个桌面。陈家宁的纸条子都塞那第三本书后面，一探手就能取到。朵朵伸手去取，还有一只精致的小兔子，这种手工自小学三年级以后就绝迹了，没想到陈家宁会做这个。折得很精致，朵朵用手拉一拉，是立体的，可以摆在桌上。陈家宁是沉闷生活的点缀。这小兔子多像个小戏法。朵朵心里像长了一只小麻雀儿，叽叽喳喳欢快地叫着。朵朵转过去，给他一粒话梅糖。这酸酸甜甜的小零嘴是朵朵的最爱，提神醒脑，朵朵写作业的时候总是含着一粒。朵朵随身总是带着风油精，抹一点在额头，也可以神清气爽的。他把话梅糖塞进嘴里，说："你的风油精给我倒一点。"朵朵把那个小瓶子掩护在本子底下放到他桌上。四周都是眼睛，哪有男生女生会这样借来借去的呀？他把风油精也抹在额头上，现在他们俩的味道是一样的了。朵朵在心里偷笑。

陈家宁比朵朵大方多了，他好像天不怕地不怕的样子，眼神永远那么冷那么傲。他给朵朵的题目里开始有一两句别的，很零碎。

"你看我打球吗？"

"我今天晨训进步好大。"

"马上运动会了，我跑三千米。"

"你的蓝衬衫怎么老也不穿？"

"话梅糖真不错。"

"你喜欢下雨天吗?"

诸如此类奇奇怪怪的话题,他的思维好像特别跳跃,所以解题也往往独辟蹊径,和别人不一样,有些题目连老师都没想到可以这样解。

朵朵循着他这些可爱傻气的问题,去寻他的足迹。寄宿生的日子要多单调就多单调。操场,是唯一的风景。朵朵开始悄悄地很早起来,装作去卫生间洗衣服,那个小窗子外有个飒爽的蓝色背影,那是陈家宁在晨训,多么飞扬的青春啊。还有跳高的沙坑里,那完美的抛物线,让朵朵心如撞鹿。朵朵的衣服从此就洗不完了,角角落落都刷得雪白,洗一件衣服用了半块肥皂,只为在那个小窗前多停一会儿。

有一次,看到有个红色的影子追随在陈家宁的身后,朵朵仔细看,是2班的陶晶晶,也是体训队的,爱穿红衣裳,和安果儿一样爱出风头,人又高,皮肤雪白,和男生一样会吹口哨。那天朵朵一直看到他们跑完,陶晶晶一直跟着陈家宁,笑得很脆,朵朵在二楼的宿舍都听到那清脆的笑声,一声声直刺进朵朵心里,朵朵的心一直沉一直沉。

那天刚好没有别的衣服穿,朵朵就换那件蓝衫去教室。天气这样闷,教室里六十多个人,真压抑,好像氧气不够用一样,朵朵站在窗边呼吸外面的空气。盼着下雨。好像下了雨,朵朵心上的压抑就会减轻一点。朵朵把手伸出去,心里无比黯然。这阴沉的天呀,朵朵叹气。坐回去的时候陈家宁的条子在朵朵的语文书里,朵朵一打开就看到了。"为什么叹气?蓝衬衫这么好看。"朵朵没有理他,绷着不转过去,当作没有收到这个。揉成一团塞进抽屉,读《爱莲说》"……中通外直,不蔓不枝,香远益清,亭亭净植……莲,花之君子者也……",朵朵拼命忍住眼泪不掉下来,原本朵朵就是爱哭的孩子,妈妈就说朵朵是爱哭鬼。

中午休息的时候,朵朵打起精神去收华生和阿楠的作业。阿楠的字和鬼画符一样,但作业总算是写好了。华生的字向来很娟秀,他正专心画画,没注意朵朵走到他身边。朵朵是从后面绕上去的,想看清楚他在画什么。一看就呆住了,真的是自己哎,因为朵朵的眉尖有颗极小的痣,不仔细看是看不出的。那画上的人,果真就有一颗痣,童花头,蓝衬衫上的花色都这样逼真。

朵朵撞破了别人的秘密,不知如何是好,正想走,却看见远处的陈家宁在拆一封信,而那信是2班的小鱼带过来的。谁都知道小鱼是陶晶晶的死党。朵朵的直觉告诉她那是陶晶晶的信。这女孩子胆子真大,敢公然给男生写信,还招摇地让别人送进教室。朵朵忽然做了一个很惊人的决定,径直走到华生面前,浅笑盈盈地说:"华生,画得真好看,给我看看吧。"华生被朵朵吓得要跳起来,一时间也找不到话,匆匆把画藏到身后,脸红红的。朵朵摊开手:"给我吧,我知道你画的是谁。"说得很轻松。华生被朵朵撞破了心事,只好拿出来,说:"画得不好看,你别给人看。"朵朵拿了画,就回去了。什么作业都不想做,就在那痴看。画得这样像,肯定被他凝视无数次了,想到这里脸就绯红了。陈家宁,陈家宁会这样看我吗?想起来心里又是别别扭扭的。

午睡的时候,朵朵旁边桌子的那个人回寝室去睡了。学校照顾学生们辛苦,允许学生午间回寝室休息一会儿。朵朵照例是不回去的,午睡时间用来看小说。可是今天没心思看,总觉得心里乱乱的,就闭目养神,趴着。过一会儿睁开眼睛,恍惚看到对面桌子上多了个人,朵朵没在意,又闭上眼睛。不对,那眼睛这么凉地扫过来,朵朵戴上眼镜,看分明了,是陈家宁,他一动不动地盯着朵朵看。那眼睛里有满满的问号。朵朵把头掉过去,还是觉得芒刺在背,拿一本书盖住脸。他看了朵朵一小时二十分钟,朵朵始终不肯再把头转过去。朵朵怕他灼灼的目光,要说什么好呢?朵朵生气了,因为你和陶晶晶一起训练,因为你收了她的情书?抵死都不肯说这样的话的,又不是谁的谁。可是心里还是满满的委屈。

晚自修朵朵没去,有点发烧,体质本来就不怎么好,受了点凉,多半是感冒了。一夜恹恹的,脑子却没有停下来。那时还不知道这叫心乱如麻,不知道这就是心动和嫉妒。只是想着自己这么矮这么丑这么胖,又不会说话,而陶晶晶这样美这样高,笑起来又这么脆生生。

第二天朵朵黄着脸儿去上课,发现抽屉里有一杯姜茶。陈家宁说:"我央小卖部的阿姨煮的,吃下去治感冒。"朵朵趴在桌上,还是不怎么想说话。早饭铃响了,教室里的人一下子跑光了。朵朵没走,家宁也没走。陈家宁说:"朵朵,要不我唱歌给你听吧。"然后不管朵朵愿不愿意,就唱起来,是张学友的《一路上有你》,朵朵喜欢的歌。

"一路上有你,苦一点也愿意,就算是为了分离与我相遇,一路上有你,痛一点也愿意,就算这辈子注定要和你分离。"

听到"就算这辈子注定要和你分离",朵朵再也忍不住,趴在桌上哭,知道自己已经无力地深陷,可是有什么法子可以救她出来呢?朵朵这样不能自已。看过的书里,也没有一句能帮上忙的,朵朵只是趴着任泪水静静地流着。陈家宁没料到朵朵会哭,乱了阵脚,找了半天也没纸巾。他在朵朵身边蹲下来,说:"朵朵,别哭了好不好? 我已经退出体训队了。"他把那信拿出来,说:"我没打算要拆,我们丢了它好不好?"原来他什么都知道,至此,朵朵的暗恋有了出口,开始像五月的繁花那样热闹盛开。

陈家宁的小纸条依然每天抵达,他们依然没有太多的话。他唱歌真是好听,朵朵累的时候,他就在那儿轻轻唱着,朵朵静静听着。

穿红衫的陶晶晶后来也写过信给陈家宁,但都被原封不动地退回去了。他还是在体训队,老师不让退,他是市运会的好苗子,只是身后那个红色的影子不再尾随。听隔壁班的人说,陶晶晶哭了几次。朵朵的蓝衬衫洗得很旧了,陈家宁说好看,她都不舍得换。央求妈妈又做了另一件蓝的。朵朵从陈家宁那里知道了自己是适合穿蓝衣服的女孩子。虽然有小小的婴儿肥,但是不像以前那么自卑了。因为有人喜欢啊。那时的眼睛真的和蓝天一样澄澈。他们都是低调的人,没有人知道他们小小的心这样撞在一起,深深地纠缠。

少年总是对外面的世界满怀希望。陈家宁说希望到外面去看看,就杭州吧。朵朵也喜欢,长长的苏堤,筑在一个湖的中央,多浪漫的地方啊。于是两人相约挑一个周末去杭州看西湖,攒了半年的零花钱。

那天出门的时候下起了雨,朵朵带了伞,陈家宁没带,他们在车站不远处会合,挤在一把伞下,贴得这样近,心都跳得扑通扑通的。他们小心地避开水坑,空气是异样的静默。远远地走过来班主任夫妇。要躲已经来不及了,他们只有硬着头皮迎上去。"你们去哪儿?"班主任的眼睛寒气森森。朵朵的手变得冰凉冰凉。陈家宁说:"我们偶尔遇到的,一起打伞回去。"眼睛里分明是不安。班主任说:"你们同路吗? 伞借给你们一把,快回家吧。"陈家宁接过伞,他们逃一样分开,走各自回家的路。

精明的班主任还是看出了端倪,两个少年怎么懂得掩饰感情?明眼人一眼就看出来了。班主任马上给陈家宁的妈妈打电话,要联手妈妈把早恋的苗头扼杀于萌芽状态。家宁一回到家想必就受到了妈妈苦口婆心的劝吧。班主任的说辞肯定不是朵朵和陈家宁的初衷,两边父母都以为他们要出走,意识到事态很严重。妈妈没怎么说朵朵,怕说重了朵朵真的跑了。只是到处求神,怕朵朵是着了魔道。农村里一些突如其来的事情,总是有鬼神之说。

但是这件事以很坏的状态被传播着,学校里的人很快都知道了朵朵和陈家宁要私奔。两个都是这么寡言的人,一下子成了被指点的对象,连走路都不敢抬头。特别是朵朵,再传下去恐怕更不堪忍受了。

朵朵自小就害怕成为别人注意的中心,这次不但卷进去了,还这么轰动。学都不想上了。妈妈只好安慰朵朵,过了暑假,就给她转学。回来以后,他们都处在风口浪尖上,当然也成了班主任和同学严密注视的对象。传张小纸条比以前难多了。做什么都感觉是在众目睽睽之下。本来学校还要处分,杀一儆百,后来陈家宁的妈妈来打圆场,总算没有开批斗大会。那时视早恋为洪水猛兽,外面把他们说得很不堪。朵朵把头深埋进蓝色的衫子和书山题海里,要装做没听见是多难的事情啊,少年的心是这样脆弱。家宁的眼睛更冷了,偶尔的四目相撞,也是马上分开,怕人看见。

有次华生眼圈青青地回教室来。朵朵看到了也不敢问什么,陈家宁脸上亦有淤青,朵朵心里明了他们为什么打起来。华生画朵朵的时候,朵朵就知道他什么心思了。可是现在的朵朵,对一切都只能选择缄默,三缄其口,保护自己。班里喜欢陈家宁、华生的女生不是一两个,朵朵怕一开口,会有许多凌厉的目光杀过来。何况越描越黑,还是不解释了。

多少个无眠的夜晚啊,身在咫尺,却连眼神的交流都是奢侈的。一分一秒,都是那样难挨。放学以后,他也不再打球,再也听不到他响亮的口哨声和快活的击掌声。朵朵绷得骨头都疼了,总觉得有好多冷冷的目光在背上扫来扫去。终于挨到放假,朵朵逃一样回到家。

暑假里百无聊赖,朵朵失去了读书的兴趣。学校成了一个让人望而生畏的地方。村子离学校三步路,也传得沸沸扬扬的。朵朵每日在家,也不肯出门,第一次感受到活下去是这么的难。她整天穿那件分开时的蓝衫。妈妈要朵朵置件新衣服,希望朵朵开心点,朵朵也是不肯去,几乎自闭。朵朵就爱穿这件旧蓝的衣裳,陈家宁,你是不是也穿着这件旧蓝的格子衬衫呢?失魂落魄,倒是减了肥了。那衣服穿上去空荡荡的,像朵朵空荡荡的心。妈妈忙着给别人解释事情的始末,不是他们想的那样,朵朵是着了魔了,这更让朵朵听得心酸不已。

这样甜美的开始,这样苦涩的结束。然而朵朵知道,远远没有结束。因为朵朵一寸一寸的相思,并没有少下去一分。那刻骨的疼啊,朵朵要独自挨过。不敢打电话,怕接电话的是他妈妈。无数次,朵朵守着电话,怕打来的是家宁,接电话的是妈妈。

有一天,朵朵没有赖床,起得很早,帮奶奶在院子里喂小鸡小鸭。陈家宁和他妈妈来了,猝不及防的朵朵呆在原地,不知怎么招呼他们。还好他妈妈仿佛很熟一样地和朵朵妈妈打招呼,三两句话就说清了来意。照他妈妈的话说,两个孩子原本也没做什么出格的事,也是有缘分的,不如做个寄拜亲,要朵朵认他们做干爹干娘。这原是这边的旧俗。这样朵朵和家宁就是兄妹了。朵朵不肯喊,谁要同他做兄妹?家宁自始至终不说话,只看牢朵朵,像是怕朵朵走了一样。末了,他妈妈还提出要带朵朵去他家住两天。妈妈问朵朵愿意不愿意,朵朵点头,就收拾了一下和他们一起走了。

那五天,大概是朵朵生命里最好的假期吧。他妈妈把陈家宁的屋子腾给朵朵住,房间小而干净,到处是陈家宁留下的气息。朵朵躺在陈家宁睡过的床上,几乎要喜极而泣。之前所有的委屈,到此刻都变得不值一提。

大多数时候,他们都不出门,在一起听听音乐,听张学友的歌,轻声聊天,两个人趴在桌子上静静发呆,窗外有多嘴的麻雀、高歌的蝉、绿树婆娑的阴影,数着太阳漏下来的光点,一天就过去了。朵朵看过家宁小时候的照片,是异常顽皮和灵动的样子。

饭好了,陈家宁妈妈会来喊吃饭。气氛很好,谁都不提那件尴尬的事情,好像从来没有发生过一样。朵朵不知道家宁是怎样说动他妈妈来接她的。这平静的决定后面深藏了多少暗流,可是那时的朵朵,哪里会明白那么多?天天在一起,已经很幸福了。陈家宁说,将来要娶一个幼儿园的老师做妻子,因为感觉教小朋友的女孩子会特别温柔。

暑假终于过完了，朵朵顺利地转学到另一个镇上，一个谁也不认识她的中学里。朵朵依然封闭着自己，怕生，更怕他们打听转学的缘由。初三功课很紧张了，作业多得做不完，朵朵的近视好像也更深了。随身还是带着风油精，只是再没有人分享这一刹那的清凉。

朵朵写了许多信给陈家宁，却杳无音讯，至今不知为什么。但是朵朵不恨他，一点儿也不，经过那样的事，恐怕朵朵的信也到不了陈家宁那里。何况家宁并不知朵朵转学去了哪里。寂寞的时候朵朵就听听歌，《一路上有你》，像是为他俩量身定做的一样。就算这辈子注定要和你分离，就算是为了分离与我相遇——多么贴切的歌词。周末朵朵也不大回家，一个人住在学校里，去学校的小店看看电视，其实也没弄清到底看了什么。那些被世俗伤过的伤口，需要时间慢慢愈合。何况少年人的心是这样脆弱和透明。朵朵很多时候不能面对的，是这个没有说分手的分手，像一场梦一样。那时以为人生长得望不到头，没想到突然从此就这样一个人了。多可怕啊，一切疼痛需要独自扛过去。

时间像水一样，哗哗哗地流过。那些一个人的日子，朵朵听得见岁月在行走时呼呼的风声。转眼就毕业了，读的果真是幼师，老师劝她读高中，说她可惜了。可谁知道朵朵心底的那个秘密啊，做一个温柔的幼儿园老师，教小朋友。

朵朵终究是没有做成幼儿园老师，却做了小学一年级的老师。去报到的时候，才发现陈家宁的妈妈也在这个学校。前尘往事汹涌而来，四年过去，朵朵从未忘记陈家宁的眼睛，那心里的疼也不曾少过一分。虽然这四年里，天涯各处，音讯全无，但朵朵是一个恋旧的人啊,那相处的一分一秒,从不曾忘却。

　　人心就是江湖。朵朵努力和每个同事微笑,默默做好自己的那一份工作。可是还是有人翻出了旧账,无意中听到他们在说:十五岁就晓得谈恋爱了,哎哟哟,真是了不得。朵朵听罢如五雷轰顶,连走进办公室的勇气都没有了。于是天天泡在教室里,把心力全放在学生的身上,像四年前的自己一样,做个茧,苦苦地缠着,熬着。朵朵尽量不去办公室,那些笑声太刺耳了。朵朵觉得无论走到哪里,都有当年那些窥视的眼睛跟着她,真是绝望。第一年工作,学生的成绩好得骄人,可是朵朵分明看到了那些笑脸后的不怀好意。胸无城府的朵朵,身心俱疲。

　　暑假的时候,朵朵联系了新的单位,离这里很远很远,远到没有人会再次认出她。朵朵觉得陈家宁是她命中的劫数,在劫难逃,一次又一次的流浪,万劫不复。朵朵那年不过二十一岁,已经觉得自己很老很老,老到想结婚。既然不可能嫁给喜欢的人,就随便找一个吧。那时的想法是这样的稚气和赌气。

　　家宁,像人间蒸发了一样,朵朵已经没有与他联系的任何一种方法。于是三下五除二就结婚了。结婚的那天,雨下得仿佛天要塌下来一样,雨里的一切都看不清楚。终究是割舍不下啊,带着陈家宁的照片出嫁,雨像她心里滚滚的泪,没完没了。朵朵出门的时候,是真的哭了。她是个狼狈的新娘吧,白纱裙子被淋得一塌糊涂,妆也花了。

　　三年以后,朵朵有了一个自己的孩子。朵朵真的只是想过平淡的日子,厌倦了被人说道,只想过自己的日子,养一个自己的孩子,忙得天翻地覆,就不会有太多的时间去想前尘种种了。那心里的疼,不触碰还好,一碰,如同刀绞一般疼。做同样的梦,找一个人,不停地找,就是没有方向,或者很多人在追赶自己,跑得多快都没有用,总是无助地看着他们逼近,指指戳戳,被吓醒。谁都搭救不了。她还是爱蓝衣裳,一件一件地买。却只是看着发呆,很少有心情穿起来。那旧旧的蓝色里,有太多的前尘往事。听着张学友的《一路上有你》,还是会听到泪湿,去唱《爱的代价》,也是一样会哭。这场像疯魔一般的感情,耗尽了朵朵的青春。

设计过无数个不期而遇时应有的对白,对着镜子努力找寻十六岁时的微笑。可是真的遇见,已是七年后。在超级市场的门口,近视的朵朵远远就看清楚了那个给她深深烙印的陈家宁,呆在原地半晌,一句话都讲不了,只有心惊。怕那一句张爱玲的"你也在这里吗?"会惹出无穷的泪来。那还能说些什么呢?"我们回不去了吗?"这句更糟糕。就这么远远看着,看他走远,才发觉自己全身绷得这样酸。

也是很久以后才知道,太羞于表达的华生,一直在画画,疯狂地画。那么多年的兜兜转转,华生依然单身。亦是千山万水地寻了来,一定要照顾朵朵一世,连同孩子。朵朵不肯耽误了他。如果那天,先走来落进朵朵眼帘的是华生,也许所有的历史都要被改写了吧。可是人生哪有那么多的如果?朵朵和家宁注定要这样相遇,纠缠,疼痛地离散。陈家宁是朵朵心上的红痣,朵朵是华生心底的刺青。从来没有一种感情是对等的。

朵朵的右脸颊有一颗泪痣,有人说,那是前世舍不得你走的情人的眼泪,今生是要偿还的。或许朵朵就是来偿还陈家宁的吧,一生唯一的爱、所有的爱,都给了这个沉默、眼神凛冽的男子。再多的曾经沧海，都难为今日之水了。朵朵明白，那青春里的一抹旧蓝背影，早已走得这样远、这样凉。可是这旧蓝里的烟尘纠结，恐怕得用半生来化解，或者遗忘。不论哪一样，都是难的。生命里第一次心动，谁肯删除这珍贵的记忆？疼虽疼，也只有这疼，才提醒着自己，是爱过的，爱到疼，依旧是不悔。少年弟子江湖老，红尘阡陌不相逢，或者这已是最好的结果。

卷二

开到荼蘼

蹉跎半生了无痕

却原来

一

淇墨再次见到乔生,已是七年之后。

七年前,他们在同一所中学上学。乔生生得出名齐整,又会打球、唱歌,还会字正腔圆地主持晚会节目,性格又外向,自然是女生们的偶像。每天收情书都会收到手软。淇墨的位子在窗前。每天的晚自修上课铃声响前三分钟,乔生才会抱着他的球,汗涔涔地回教室。常穿的,就是那件藏蓝的细格子短袖衬衫。那时男生们都穿耀眼的白,乔生这身蓝,才称得上玉树临风呢,把他们全比下去了。没有谁的风头比乔生更劲。女生们的窃窃私语里,总是少不了乔生的名字。乔生是个危险人物,人人都爱乔生。

那时的乔生,有着青春洋溢的美。无数双眼睛追随着他,无数女生的心被他牵着走。在淇墨眼里,本校最养眼的,除了秦睿,就是乔生了。淇墨和秦睿提过这话,秦睿还吃了半天的醋,说她只会看皮相,说他自己可是有内涵的人,惹得淇墨笑疼了肚子。不过这倒是实话,秦睿真的不招摇。若他像乔生一样活泼的话,恐怕粉丝也会很多。他们有一样不羁的眼神。淇墨这样的女生,更喜欢低调沉默内向的秦睿。

七年足够大家历尽沧桑,尘埃落定。当年的青涩褪去,淇墨已是成熟的妙龄女子。同学大半如滴水入海,纵然小城这么小,也难得一见。在这不经意的转角遇见乔生,的确是意外之喜。青春岁月里那些傻和真,刹那间都涌上来。更碰巧的是,淇墨的公司和乔生的公司在同一层楼。男生们都要三十岁左右,才散发出迷人味道。当初班上的丑小鸭男生,如今个个站出来都散发出成熟果实的醇香。乔生却给人江河日下之感。原本圆润饱满的脸颊,瘦得形销骨立,额头约莫还有抬头纹,不是正当盛年吗?怎么会憔悴如此?

在公司待久了,乔生的事也听得差不多。那个二十岁就和学姐恋爱得如火如荼的乔生还是独身。虽落了形,可在这高楼里,乔生还是当仁不让的俊男一名,女同事们难免拿他来比,说乔生一年换十二个女友还不止,可是听起来,都以做他的女友为荣。淇墨心想,这个十六岁就被女生们宠坏了的乔生啊,弱水三千,要他只取一瓢饮,当然是难的。

那日淇墨和秦睿线上聊,说起这事来着。淇墨说:"秦睿,我今天遇到乔生了,在电梯里,原来他在我们隔壁公司。"

秦睿说:"我一直与他有联系。这个执着的孩子。"

淇墨道:"是呀,但他已不是当初那个意气风发的乔生。"

鉴于淇墨当年也算半个文学青年,秦睿把乔生的诗作发给淇墨看。诗倒是有周杰伦歌词的范儿,但是太决绝些,好像受过很重的伤,而且很眼熟,这些诗句,只是一时想不起在哪里见过。

淇墨道:"看情形,有很多故事的样子。"

秦睿道:"都三十来岁了,也不肯找一个人结婚,整日只晓得满世界玩。当年初恋的学姐,孩子都上幼儿园了。"

淇墨道:"可是人都有权选择自己的生活方式,你这么入世,不是也没结婚吗?"

秦睿道:"我等你结婚,我才结婚。"

淇墨笑道:"为什么?"

秦睿道:"我要是比你早结婚,你会难过的。我要看着你尘埃落定,把你交到放心的人手里。"

淇墨不语,半晌才叹气:"我瞧乔生的神色有些像十年前的你。"

秦睿连忙岔开话题道:"我过几日放年休假,找你吃饭吧。"

淇墨道:"我天天加班,为五斗米我把腰都折断了。三餐食堂饭,做梦都在997。"

秦睿笑道:"那个捶腰的人,怎么还不回来?"

淇墨道:"且得等上一阵子呢。他永远都忙得脚不沾地。"

秦睿道:"也好也好,有事忙说明过得不错。"

一段尬聊就此打住。

是夜,淇墨忽然像小女生一样怀念起青春岁月里那最初的心动,无瑕如此,无邪如此。与人世一切名利欲望都无关联,只是单纯到因你耳后的一颗小痣生得可爱或一个不羁的眼神而喜欢了你。

后来,后来的感情多少有势利的成分,会不自觉地比较家世学历背景,和上菜市挑一棵上好的白菜没有分别,有选择地去付出和爱。结婚需要找一个稳妥的人,大家都这样认为。而自己,是要和华生过一辈子的,华生从十六岁追到二十六岁。既然秦睿走了,剩下的就是他了,没有人会比华生更疼淇墨。

<h1 style="text-align:center">二</h1>

每日上班,总能遇见黑眼圈的乔生,他烟抽得厉害,路过的时候,他抽烟的侧影与落寞的申请,总会让淇墨没来由地想起那些青春里的人和事。真有曾经沧海难为水之叹。

公司的联谊会设在酒店的顶层,有极大的露台可以看星星。不过除了淇墨,大约没有人会抬头去看星星。淇墨淡扫蛾眉,换了简单的小黑裙,在一角闷坐。纯粹是来凑数的,老板发话,不许请假,未婚男女必须全到。资本家总是喜欢这样下毫无界限感的指令来刷存在感。

也不知是哪根筋不对了,做老板还嫌不过瘾,做起媒婆来。女同事们当然是花枝招展地来了,现场好似朱翠披离的花丛一般,不过暗地里较劲谁的发型漂亮谁的首饰新潮而已,十二分的无趣。淇墨不爱热闹,宁可在家看肥皂剧。可是这酒会是由她一手负责策划的,想走都走不了。

乔生招人喜欢的本色又显露出来了,莺莺燕燕们少不了围着他转。只看见他一杯接一杯地喝,舞跳了一支又一支,满场飞。乔生啊,可是永远都爱出风头。淇墨在一旁,看着神采飞扬的乔生,不免感叹:哎,人比人,是要比死人的,乔生再憔悴,也比在场的其他男子吸引眼球。在这个星空斑斓的晚上,他帅成一道妥帖的白色风景。

淇墨独自拿了一杯酒,寻个没人的黑暗角落,透透气,在长椅上竟睡着了。最近没睡好，老是加班，又许多梦。等她小睡醒来，全身冰凉，已是午夜了吧，单薄的裙子抵挡不住秋凉了。

她起身看，场子里只剩下服务生们在收拾残局。淇墨找到自己的小披肩，准备走的时候，看到醉倒在一角的乔生。他衬衣已经皱了，领带也松了。喝这么多，不醉死才怪呢。四下已经无人，安置这个醉鬼的事儿看来是要落淇墨头上了。喊了一个服务生帮忙，把他弄进酒店房间里去。

等乔生在床上四仰八叉地睡倒，淇墨力气也用尽了。替他盖上被子，已是午夜，还好明天周末，可以尽情睡懒觉，不然可真要老命了。临走乔生又踢翻了被子，淇墨回去给他仔细掖好了，才要走，被他一把拉住手。他含糊不清地咕哝着：小蕊，小蕊，等等我。眉心紧皱，语气甚是焦急。

淇墨甩了几次，他力气竟大得很，居然甩不脱。淇墨只好坐在床沿，伺机再走，一面想："小蕊是谁？"乔生的初恋是很轰动的，大家都知道是薄荷，最后乔生也没抓住薄荷。小蕊，又是哪一年的账？管他呢，乔生是宝玉再世，走到哪儿，都招女人爱，谁又算得清楚？淇墨这么想着，却还是挡不住心里一阵阵吃惊：淇墨的家人一向喊她小蕊，连秦睿都是这么叫。久不归家，已很久没有听到有人喊小蕊了。乔生心里的小蕊，是否也同淇墨一般，天涯各处地怀念着青春里的人呢？

在床头灯下的乔生，细看竟有楚楚可怜的味道，那个恃才傲物的乔生呢，去了哪里？淇墨想起那些为乔生痴狂的女生，她们又身在何处？我的青春时光呢，呼啦啦就过完了，又跑去了哪里？一时间竟看得怔住了。

乔生的脸部线条极美,让人忍不住想轻抚它。左眼下有一颗泪痣,像刚流出的一滴清泪。有泪痣的人,据说前世都有一个不舍得他的很爱他的人。淇墨看得有些呆呆的,这个沉睡的有着赌气孩子的神色的乔生,多么像十年前那个任性的秦睿啊,也是这样的狂妄,也是这样的不肯低头。

秦睿那时不但痴,而且离群索居。只有淇墨肯和他并肩走在校园里,不怕别人飞短流长。也是淇墨带他走出了泥沼,可是他太成功了,就不再属于淇墨,走得太远太远,远到没有办法继续下去。

秦睿大四考研认识了赛琳娜,双双出国去继续学业。像歌里唱的,很爱很爱你,才会让你,向更高的地方飞去。秦睿再优秀,也得有赛琳娜做他高飞的翅膀。于是淇墨和气地和他分手。现在回想起来,没有恨,亦不悔,最怀念的,还是他颓废的时候。那么傲的人,只听淇墨的话,乖乖的,很孩子气,会说不好笑的笑话。她喊他,让总是答应"啊""哎",从深埋的书堆里抬起头的瞬间有惊人的美,随身带有给淇墨准备的话梅糖。

多温暖的时光。是啊,好像是前世的事。秦睿一度也爱醉酒,十八岁时父母离异,秦睿醉得像头小兽,乱喊人,蹲在街边哭。如果淇墨没有路过,没有那样被他拉住手,也许他就一辈子沉沦下去,做一个酒鬼。

淇墨忽然鼻子酸,在另一个人的床前,唤起自己那些努力要忘记的过去,心里还是酸酸的。虽然还在联络,可是已经可以开玩笑开到结婚这样的话题。淇墨知道秦睿的世界在远处,他永远不会再回来了,和这里的世界完全不搭调,亦永不会有交点,永不。

乔生这时又喊:"小蕊别走,小蕊。"淇墨心里酸酸的,柔声说道:"我在这里,你乖乖地睡。"乔生起来吐了两次,又要喝水,终于沉沉睡去。淇墨把手轻轻抽出来,叹道:"可怜的乔生,谁害得你这样?"淇墨有些恻然。临走给他开了一盏幽暗的床头灯,防备他半夜猛然醒来碰了头找不到东西。

回家以后,她满抽屉地找东西,找见了。有一张明信片上,写的就是秦睿发来的乔生的诗。难道这无名氏就是乔生?不可能呀,上学的时候,只言片语也没有过,他如何就认识了寡言内向的淇墨呢?

从中学毕业开始,淇墨就一直收到这种风景明信片,来自世界各地,如巴黎、罗马、马尔代夫、普吉岛,没有署名,也很少有话,偶尔有一两句诗。字迹狂野,应当是个不羁的人。淇墨从没去追究过这是谁的手笔。就想保留一份神秘感,也给枯燥的生活一点调节剂吧。

难道无名氏真是乔生?淇墨忽然想听妈妈喊小蕊了,于是拨通电话,听到那声熟悉的小蕊,泪就汹涌而来,慌得妈妈在那头一叠声地问:"怎么了,小蕊,什么事情要哭啊?"于是淇墨哭得更厉害。

三

联谊会过后,乔生弄到了淇墨的号码。线上遇到了也会聊天,淇墨是很安静的人,没事不出门,就在网上泡着。无聊的时候,乔生会发来虚拟的礼物,当然也有真的礼物,很小的玩意儿,比如一盆很袖珍的盆栽之类。受邀请去过乔生的博客才知道,原来他真是文学青年呢。从那些忧伤的诗句里,淇墨闻到了旧时乔生桀骜的气息。那些诗句同时也出现在淇墨的明信片里。事情发展到这里，真是始料未及，淇墨不知接下来该怎么办了。于是装不知道，这是最好的。

日子如水滑过，淇墨这样想着，却发现最近好久没有秦睿的电邮了。看来没有什么事不能习惯的，谁都离得开谁。那久远到以为是一辈子的感情，终究也可以在时间大浪中慢慢放下，虽然这放下里，多少有锥心刺骨的疼。

乔生也问过醉酒那夜都说了些什么，淇墨没说出来，只是说没听清楚。日子久了才知道，乔生真的很颓废，安定是他的救命药，实在不行就喝酒。怪不得眼圈总是黑的。也劝过几回，但是积习难改，何况一个人存心要喝醉，谁又拦得住呢？乔生还是一如既往地过日夜颠倒的生活。淇墨顺手时会给他带点早餐，乔生永远在打卡前一分钟到达，是不会有时间买早餐的。

和秦睿有关的那段青葱岁月无疑最美，但是淇墨要努力忘记，所以绝口不提。或者那段岁月里，也有乔生要刻意忘记的事，所以提来干什么呢？

为了答谢淇墨醉酒夜的照顾，乔生还特地跑来请了一次客，很不错的餐厅，叫同桌的你，桌椅都布置得像学校的课桌一般，很怀旧。在同一张桌子上吃饭，淇墨百感交集，一时间居然忘记身边坐的是乔生。脱口而出的那声"秦睿"让她怔住了，有些记忆，就是发了洪水来，刮了龙卷风来，也拿不走了。事情总以始料未及的状态发展，淇墨一边抗拒见到乔生，一边又忍不住顺手照顾了他。

翌日凌晨，淇墨失眠，想给万里之外的秦睿发个电邮，却发现已经无话可说。青春已经远去得如一张发黄的明信片了，彼此的世界也早已毫无交集,只剩下旧时光里的往事。而往事又是两个人不愿意再提起的。就这样想着,呆了很久,或许最熟悉的陌生人,正如淇墨与秦睿,才会在这样黑的夜里,想写几句话,却无从落笔吧。

淇墨怔了许久,决定关掉电脑,又狠狠心从联系人中删掉秦睿。从今天起,要忘记那些多年习惯造就的小细节,要学会一个人过得开心。往后的千江月色千江水,有人一起甚好,无人相伴也罢。总之,不能在过去里沉沦。

乔生再像秦睿,也只是个躯壳,一副假皮囊而已。而且淇墨知道,乔生这样的人太危险,太刺激,适合爱冒险的小女生,而自己,早就过了冒险的年纪。自己要的,是一份妥帖长远的感情,相濡以沫、平淡安宁那种。所以凡是和秦睿有关的人和事,都不应该时常拿出来温习,难过的只有自己。所以要远离的,不仅是秦睿,还有乔生。淇墨怕总有一天,会把乔生当成秦睿,再次沦陷在那个相似的眼神里。

四

华生终于出差回来了。淇墨忽然提起,我们是否该去度个长假?华生什么都依着淇墨,一并说好。于是收拾行装,去了一个不知名的水乡小镇,安静,美丽得不像人间。

淇墨从来不会去热闹的旅游区蹭热闹。华生是寡言的男子,亦不懂风花雪月,但是他做的每一件事,都是无比的贴心、稳妥。早起串街走巷地为她弄了香浓的豆浆和小笼包来。华生是学工科的,生存的本事一流,恐怕流落荒岛上,有华生为伴,也不至于饿死吧,淇墨想到这儿就偷偷地笑。华生诧异说她怎么这样好打发,一碗豆浆就乐成这样。

华生不吃,就在旁边看。淇墨被看得不好意思起来,有什么好看的?华生说:我看你样样都好看。华生不知什么时候和镇上的爷爷奶奶们混得很熟,带淇墨一家家吃过去。

各家的老东西都拿出来待客了,地瓜干香甜,土豆干、豆荚干、笋干都可以焐肉吃,霉菜梗子、老菜心蒸豆腐吃,样样都是都市里没有的好东西。淇墨在心里想着,怎么以前没见华生有这样好处呢?华生见了淇墨就不会说话,但见了这些老人,却是一口一个爷爷奶奶的,把老人家们哄得很高兴。

年轻人大多留在城市,这是个清净的小镇,都是上了年纪的人留守在此。淇墨问华生,你什么时候同人混得这样熟?华生不好意思地笑:这里是我外婆家,我从小在这里混的,怎么不熟?你不知道而已。淇墨是个太自我的人,认识华生这么多年,他究竟来自何处,都不过问。

亏得华生疼她,什么都不计较。淇墨暗自叹道:华生真是可以相伴一世的那种——肯照顾人。秦睿就不会,永远是淇墨让着他,照顾他。而女人总是渴望被照顾的,不是吗?

小镇有许多青青的竹林,各色的竹子都有,华生一一指点给她看,这是紫竹,那是罗汉竹,还有雷竹,等等。许多人家的小别墅就隐藏在竹林后面。还有原始的篱笆,上面爬满豆荚和喇叭花的藤。淇墨忽然想到一句:竹林茅舍自甘心。这里适合退休以后住,住在竹林周围,至少不会变俗气,苏轼不是说无竹令人俗嘛。淇墨正在出神,华生在边上叫她:"小蕊,快过来这边,这里有刚探头的笋。"

淇墨怔了一怔,华生怎么会知道这小名?忙问他。华生说,中学时我天天跟着你回家后,再回我家。我听到你妈妈都是这么喊你,心里觉得亲切,总想这样叫你,却是不敢,怕你不应。淇墨笑道:我会应的,华生,我是小蕊。心里确实是满满的酸和拗,华生啊,这样锲而不舍地追随了十年,一辈子有几个十年?

没有烛光晚餐,淇墨的戒指是在挖鞭笋的时候掘到的,很符合华生的风格。淇墨诧异道:"这算什么,华生?你一朵花都没送,就想让我给你洗衣服煮饭?"华生说:"花我准备好了,而且你跟着我,不用洗衣服煮饭。"说完从身后变出一束烂漫山花,什么颜色的都有,倒是强过庸俗的百合玫瑰。

淇墨不应,华生急了,说:"到底还缺了什么,你不肯答应?"淇墨终于撑不住,笑出声来,把手伸出去。华生给她套好戒指。华生的可爱之处,就是淇墨的每一句话,都当真的去办。

而后华生挑个干净的石头坐下来,一脸的严肃,好像有话要说的样子。淇墨问:"怎么了,这么快就不高兴了。"华生说:"有些事,藏在心底好多年了,我想告诉你,可是不知从何说起。"淇墨道:"什么事,这样严重?"华生说:"这个故事太过久远,我都不知该从哪里讲起。可是我觉得,你应该知道。"

下面是华生讲的故事:

十年前,华生、乔生、秦睿三个是死党,一起考进最好的中学,分在三个班里,可是放学以后的球赛、爬墙出去玩这些事,都是在一起的。高一的元旦晚会上,淇墨一袭白裙子,长直发,头上戴一个缀满小朵的白茉莉的花环,站在舞台的一束光圈里,用她山泉一样的声音,讲一个故事,是一个失火的故事,听得下面的人泪水涟涟。

乔生、秦睿和华生同时在人群里站了起来,不肯把眼睛收回来,然后心照不宣地对视着。从那以后,仨小子就常埋伏在淇墨必经的路上,看一眼背影,也是好的。大家一起积极地暗暗地关注淇墨。她的一颦一笑都牵动着青涩男生的心神。但是除了元旦晚会,淇墨极少在公众场合露面。

乔生那时已经很出名了,因为他的外向,很容易就打听到淇墨的喜好。每个人都想努力靠近淇墨,以各自的方法。但是大家约定,毕业之前,谁都不能先去约淇墨,这样比较公平。华生原本成绩平平,他很努力地考进了前十名,希望淇墨可以在看榜的时候,注意到他的名字,还天天去阅览室,永远挑淇墨背后的那个位子坐。乔生考进学校播音台,他天天朗诵自己写的情诗,后来主持学校的节目,也是想着,万一淇墨再上场可以报她的幕。

秦睿家里出了事,一蹶不振,天天喝酒,蹲在街边像只流浪小狗。终于在一次醉酒之后,他正式认识了淇墨,挽了淇墨的手。他破坏了三人的君子协定。华生默默走开。乔生一气之下找了学姐谈恋爱,闹得很轰动。

乔生毕业以后去过很多地方,一直给淇墨寄明信片,但是不肯署名。乔生说过,即使走到天涯海角,还是记得那个舞台上天使似的身影。没想到秦睿最后还是辜负了淇墨。华生在秦睿留学签证下来的时候,见过一次秦睿,知道他是不会回来的。头两年,秦睿还真装得像那么回事,说一定会回来,哄淇墨痴心地等。华生知道,淇墨爱上这样的秦睿,无异飞蛾扑火,而自己也是,但他扑的,是淇墨的影子。乔生呢?因为乔生要寻一个有一样清凉茉莉气味的女子为伴,所以换了一个又一个,不肯妥协的他,不知道累不累呢?

听完,淇墨觉得无比的释然、无比的怅然。自己找的是一个对的人。有担当的人,不一定是最好的,却是最温暖合适的那个。只是乔生,你将在何处停止寻找?一向只道你腹内草莽,空长了好皮囊,却原来这心事皆因我而起。罪过可惜四个字,也不够用了。华生问:"你会后悔吗,跟了我?他们俩都比我出色。"淇墨笑道:"不,你比他们俩都妥帖。"

回来以后,淇墨与华生举行了简单的婚礼。同事是后来补请的,乔生那时在大洋另一头拍他的照片,没有来,但是事后寄来了明信片,那是最后一张明信片。

婚后他们去另一个城市。海滨小城,四季如春,这是华生的城市。为了淇墨一声"喜欢看海",华生早早备下一所离海不远的小房子,等着淇墨说"我愿意"。在这个房价奇高的沿海城市,华生为了这房子,真的吃了不少的苦。现在华生事业上了轨道,淇墨寻了一份清闲的工作,在家的时候,打理下花花草草和各种琐事,日子过得很快。华生一如既往地待她好,也是一个喊她小蕊的人。这世上,喊小蕊的,就是亲人了吧。旁人都叫她淇墨。淇墨这样想着。那用来和秦睿联系的电邮,因长久不用,也忘记了密码,登录不了了。大洋彼岸的秦睿,终于音讯全无了。

婚后的日子很平淡,但是知足常乐。华生一手一脚打拼出来的家底,全部交给淇墨。淇墨是个被宠溺着的小女人。淇墨忽然想起那些年的付出,终究是被辜负了,可是却在华生这儿寻回了。这世上的事,早有定数。要走什么样的路,和谁结婚过一辈子,都是定好的吧。

　　原来以为会生生世世不离不弃的人却走得这样远，而无心插柳的那一个反而在身边，这样体贴暖人。淇墨也问过华生，如果有来世，想做什么。华生说，做一棵橡树，被种在淇墨家的庭院里，为淇墨挡去夏日的阳光。淇墨喜极而泣，自己也曾许过一样的心愿，如果有来世，就做一颗橡树，静静伫立，就是一世，没有颠沛流离，一起在地下盘根错节地挽住彼此的心，一起栉风沐雨，就这样一世。

　　三年以后，淇墨在超级市场见到乔生，远远见他扶着一个孕妇，犹听到那女子在说：乔生，这个芦笋蛮新鲜的，拿一捆回去吧。乔生转过身来，面带春风。想来找的也是对的人，乔生，可是都改了。淇墨心里的石头至此落下。

　　我们无处安放的青春啊，终于被这样定格。愿像张爱玲所盼的那样，岁月静好，现世安稳，我们可安享这最美的平凡。所有的业障都是可以被原谅的，年少时历的情劫，岁月终会给你一个云淡风轻的答案。

　　淇墨深信，秦睿、乔生、华生与自己，都能在宿世流年里，安享各自的平凡。

天青色等烟雨

一、起

说沈家树只能算半个商人,是因为他会在客人最多的节假日把沁芳斋关了门,回家看大字本的《红楼梦》。他颇有些妙玉的怪脾气,怕闹,怕熙熙攘攘的人流,怕汗涔涔的手在瓷器上没有诚意地摸来摸去,怕留下一屋子的汗酸味。沁芳斋是祖父留给沈家树的小小古玩店,名字由《红楼梦》里的沁芳桥而来,以瓷器为主。瓷器当然有真品、赝品之分,然而这东西和玉一样,对上眼了,心生欢喜,就是真的,何必计较真假,假作真时真亦假嘛。

沁芳斋在风光旖旎的江南小镇上,木结构的民居皆有上百年的历史,是典型的江南水乡。粉墙已被岁月斑驳,黛瓦间也生起绿油油的爬藤来。家家临水而居,小天井里种有芭蕉、石榴、文竹,窗台上亦有常绿的小盆栽。到处是上百年的圆拱石桥与长长的青石板路。因近年有了点小小名气,节假日小街上游人如织。生于斯长于斯的沈家树自小和祖父母一起过活,有股悠闲气质,做什么都是不急不缓的,和小镇悠长的日子步调一致。

　　沈家树住的那条小巷叫伊人里。本来,大学毕业他可以离开这个小镇去大都市的。可是祖父已逝,祖母无人照顾。且外头一间皮包公司的人际关系也不比一个国家的政治简单,不耐烦和红男绿女们周旋,实习期满他就回来继承了这间店。这里安逸的空气适合他,令他放松。他打小就和祖父到处走,去收老东西,那时就已酷爱和静默的瓷器相处,所以经营起来不是很费事,也算专业对口了。家里薄有积蓄,做古玩这行有开张吃三年的说法。维持简单的生活是没有问题的。反正不指着它过活,沈家树就把书房也搬来这里。当然沈家树有正经职业,他是一个写字的人。所有的作家成名以前都只是写字的人吧。沈家树喜欢和这些可爱的瓷器待一起,把心情码成字。

　　闲时到祖父老朋友的小作坊里学做青花瓷,在角落里一坐就是一天。很多工序现在已由机器完成,可是沈家树不,样样都亲手做过去。他说机器做出来的东西是死的。经过手心抚摸的东西,才有灵魂。

　　端午过后,小镇已经进入梅雨季节,黄梅天的雨丝格外细密,沾衣欲湿,沈家树捧着两只做好的青花笔筒回家去,戴着一顶师傅的细篾丝编的雨帽。这是沈家树比较成功的作品,有师傅的七成样子了。他边走边想,下一次那青料该怎么调制才能变成传世的天青色呢?不承想走到小桥上,被人迎面碰了一下,脚底一滑,被经年的苍苔滑倒了,帽子滚到一边,怀里的笔筒碎了一地,脆生生地炸开。沈家树不免有三分心疼——祖母还没见过呢,就毁在半路上了。他把雨帽捡起来,又折回去把碎片一一拾起。那个冒失的人是个女子,奇怪的是她并没有道歉,只自顾自走掉了。沈家树看她魂不守舍、一脸落寞的样子，也就没有叫住她，任她去了。她的天青色旗袍似一团烟雾罩在身上，留给沈家树一个纤瘦背影。本地就那么几个人，谁都认识谁。这人面生得很，多半是游客。这黄梅天，配她这件旗袍，倒是十分妥帖的一幅烟雨江南好风景。只是现在人都不兴穿这个了，镇上的小女孩们都爱赶时髦，一色的牛仔裤、T恤衫套好算数，谁耐烦早起花时间反手去扣这麻烦的盘花扣子。只听得她轻声吟道："谁翻乐府凄凉曲？风也萧萧，雨也萧萧，瘦尽灯花又一宵。不知何事萦怀抱，醒也无聊，醉也无聊，梦也何曾到谢桥。"是纳兰容若的《采桑子》，十分悲切的调子。沈家树心想：词是好词，只是太悲凉了些。

回去帮祖母剥了一会儿青豆，想到今天那个失神的女子，他暗自想着：什么时候我的青花能调配成和她的旗袍一样颜色就好了。一宿无话。

二、承

日子像流水一般过去，黄梅天也过得差不多了。沈家树喜欢落雨天，绵绵不休地下着，雨滴打在哪里都是上好的音乐，不是哪种乐器可以演奏的曼妙。最重要的是雨天人少，到处静悄悄的，可以捧本《诗经》在店里看一下午，除了祖母叫他吃碗冰糖木耳，也无人来相扰。这日雨下得小了些，只剩细密的雨雾轻轻飘浮，白色轻纱笼罩着老街，小镇最美的就是这时候。想来戴望舒的《雨巷》就是这个季节酝酿的吧。一个丁香一样的姑娘，呵呵，沈家树想，就是有这样的姑娘，怕也找不到一把油纸伞来配她。工业时代，手工做的东西少有人欣赏，纷纷失传，和那做青花瓷的手艺一样，不然，那绝美的天青料的配方何至于失传。

沈家树喜欢一切白色香花，和他的白衬衣一样，没有丁香，倒有一束邻家小妹妹送来的纯白栀子花，半开的，带着山野的清新，香气满溢，空气里到处都是它的甜香。吸着这样甜净的空气，有书，有茶，人生简直没有什么烦恼了。什么时候有个也爱看《石头记》的女子做伴，就不用祖母费心安排相亲了。一曲罢了，沈家树起身准备早点关门，已是黄昏时分，薄薄暮色里绵雨仍在不停地落着。冷不防门外站着一个人，对着这雕花的木门，手指轻抚过花纹，头发淋得半湿也未发觉。沈家树一眼就认出她的天青色旗袍，含笑道："不进来坐坐？"那女子抬头，素颜，浑身上下没有多余的饰品，只耳垂上穿着极细的玫瑰银耳钉，果然是桥上那人，这天青色旗袍的料子甚少见，分不清是绫是绮，妥帖得像长在她身上一般，那日的落寞之色已去了大半，看上去斯文娴静。沈家树心想：这女子断乎不是丁香，应该是朵幽蓝莲花。看她的样子应该没认出他来。她微微一笑说："你的这曲《流水》，和着屋檐滴落的雨声，竟是让我听得走不动。"说完深呼吸一口："这间屋子奇了，怎的一股子异香？"沈家树心一动，游人打扮的她，竟也是个懂琴的人吗？欠欠身，两人就进了屋子。她四下细细打量，两边书架上满满的书，中间古董架上置着各色瓷器，靠墙一个小玻璃柜台里随手放着些旧白玉挂件，最里面放着沈家树的大书案，还搁着前两日未完的白描稿子，荼蘼花架下两只猫儿约莫还差两笔。女子说："呵呵，这画上该加一句'开到荼蘼花事了'"。你这屋子倒是间读书的好屋子，只是可惜做了店面，人来人往的，不清净。沈家树心想，这倒也是个爱静的，笑了笑说："屋子是乱了些，让你见笑了。你随便看看吧，买不买的不打紧。"女子说：你的白描稿子线条不错。沈家树笑着说："见笑了，画着玩的，以前跟祖父学过两年。做青花的时候用得上。"

女子在他的戚本大字《红楼梦》前停下来："好东西，什么价钱？"沈家树急忙说道："这是祖父的收藏，不卖的。你要不看看别的吧。"内心却道：遇上识货的了。女子笑着说道："这个版本印得少，市面上很少有卖的了，我记得里面有金陵十二钗的白描稿，是名家手笔，又是上好的徽宣印的，难得一见。一辈子能有这么一套《红楼梦》，才不辜负了曹雪芹的才情。"沈家树说："这是祖父挚爱，见谅，不能割爱。"女子说："不能割爱，可否借阅？"

沈家树很为难，祖父的珍藏是不准拿出这个屋子的。那女子见他有难色，忙说唐突了，哪有到古玩店来借书看的道理，当她开玩笑吧。然而这么可爱的女孩子开了口，不借又说不过去，沈家树耍了点小小的心眼，说："这样吧，你若有空，可以到店里来看的。想来《红楼梦》也是你的挚爱，不给你看似乎对不起雪芹兄，呵呵。"女子伸出手来说："何子衿。我就住西街，闲了再来。"哦，"青青子衿，悠悠我心"的那句。沈家树心里这么想，面上却不动声色地说："在下沈家树。你是游客吧？"子衿说："我是来度假的，可不是游客，我住西街晚晴里，姑妈把老房子留给了我，我喜欢这里的安静，每个月过来住几天。今天不早了，要回去了。"

沈家树忽然想起西街故去不久的兰贞阿嬷，她们眉眼颇有几分相似："那不留了，你自便吧，闲了来看看。"这时祖母出来堂屋叫他吃饭，祖母虽然年迈，眼神却好得很："这不是兰贞阿嬷的侄女吗？来了有几天了吧？都是老街坊了，一起吃夜饭吧。这落雨天一个人也怪冷清的。"子衿回头来说:"初次见面,怎么好意思叨扰。"祖母说:可不是初次见面了,以前你来探兰贞阿嬷时,我不就在旁边替她绞那被单嘛。兰贞阿嬷世在时老记挂你呢。她既然不在了,我们这些街坊招呼你也是一样的。一个人做饭多麻烦,吃了再去。"

子衿见老祖母和蔼可亲,又是姑妈老街坊,就留了下来:"那就叨扰了,说实话我还真不会做饭。一个人吃饭,菜也不知弄哪样好。"沈家树没料到她这么直爽,呵呵笑了起来,祖母见她愿意留下吃饭,十分欢喜:"吃饭是人多热闹些好。平素家里就我们两人,真嫌冷清了,只是今天没准备什么菜。本来沈家树跟着我吃斋,你既来了,我弄碗火腿肉蒸蛋可好?"子衿连连摆手道:"素菜就很好,这两日都怕了饭店油里捞出来的青菜,清淡点落胃呢。"祖母一把挽住子衿的手往里屋走。沈家树忽然想起家里也有日子没来客人了,自己又不爱说话,祖母想是寂寞了,就跟了进去。饭菜业已摆好,干菜细笋汤,素炒芦笋,糖醋拌的生黄瓜,番茄豆腐,颜色十分悦目,且有家常菜特有的香味。子衿一看就知祖母手艺不俗。

饭间他们闲扯些风土人情等话。原来子衿是一名室内装潢设计师。两人相谈甚欢,似旧相识。沈家树只吃饭,不出声。开门做生意各色人也见得不少,这身天青色实在不多见,好像在哪里见过,一时又想不起,又不能贸然开口问,就凝神听她们聊天。沈家树竟不敢抬头直视,只用余光看见她前襟有朵半开的白牡丹,绣得十分精致,应该是手工。那饭的稻米是沈家树乡下阿舅家自己种的,十分香甜。子衿吃了两碗,祖母还要添,子衿说:"够了,阿嬷,这三天也没吃下这么多饭呢。阿嬷真是好手艺,材料平常,味道却别致。"祖母听了高兴说:"吃得这么少,难怪这么瘦呢。以后都来阿嬷家吃吧。"子衿说:"好啊,可找着个饭店落脚了。以后就赖这里了。阿嬷的手艺竟把饭店的厨子们比得没影子了。"祖母听了大乐,叫她尽管天天来,和自己家一样,别拘束了才好。又拉住她手说道:"子衿,你这件衣裳料子倒是难得的。"子衿道:"阿嬷真是好眼力,这衣服是母亲的嫁妆,给我之前压箱底有年头了。平日上班也不得空穿这个,来度假,特地找出来的呢。这牡丹,还是我外婆做姑娘的时候绣的呢。"祖母说:"我就知有些来历,这样烟雾似的细密软和料子是不容易得的。"沈家树忽然想到贾母给黛玉糊窗子的软烟罗,脱口道:"可不是,有些软烟罗的意思。"子衿道:"三分像而已,软烟罗不是容易得的。你也看《红楼梦》吗?"沈家树笑笑:"略看过几十遍。"子衿道:"怪道你不肯出让那套戚本,必是要留着自己看吧。我也不夺人所好了,来这里看也是一样。"两人相视一笑,庆幸对方竟喜欢《红楼梦》,现在肯静心读这个的人很少了。饭后祖母自去收拾厨房,让沈家树陪她说会子话。

子衿信步走到天井里,发现穿廊里有隶书写的对联,细看却是两句旧诗:洗砚春波临晋帖,焚香夜雨和陶诗。沈家树笑着说道:"我喜欢的两句旧诗,自己写来自娱的,粗鄙得很,见笑了。"子衿说:"现在肯拿毛笔写字的人已经十分难得,何况还写得这么好,练了有日子了吧。"沈家树道:"最近才临的《曹全碑》,先前学的二王,没有书法底子,工笔勾线就飘一点。消遣而已。"这时子衿电话响起,她看看号码,叹道:"到这里还是不得清净。她打个抱歉的手势接了电话,应该是客户打来的,一口流利的法文。"沈家树听着她优美的法语发音,觉得十分享受。她挂了电话,道:"要回家去回个邮件呢,今日叨扰了。"沈家树笑着说道:"办正经事要紧,天黑透了,我送你过去吧。"子衿也不推让,就一起出了门。雨停了,可是空气还是水蒙蒙的。两人静静地走在石板路上,只有子衿的鞋后跟一下一下清脆地落在石板上。沈家树只觉得今天这路短,还没怎么走就到了,到底也没说什么话。

沈家树一个人走在回来的路上,想想子衿,身形纤瘦怯弱有如黛玉,脾气大方磊落不输湘云,气质雍容沉静堪比宝钗,言语直爽风趣又似熙凤,且又是个懂《红楼梦》的女子,如此可人儿,商业社会里,真不多见。生活节奏变快了,女人都包装得和流水线的罐头一样,美则美矣,少有灵魂。难得子衿却有这样古典悠闲气质:"和羞走,倚门回首,却把青梅嗅。"

想得远了,只觉得闷闷的,沈家树有些失神,直到祖母走到跟前推他他才回神来。祖母说:"这姑娘不错,只是身世怪可怜的,年纪轻轻就离婚了,兰贞阿嬷在时也就她肯来探望。我看你们也谈得来,明日请她来家喝新茶。"沈家树听罢心中一动,难怪她把忧郁的天青色穿得这么好,原来是有过去的人。沈家树应了祖母一声,就去睡了,当然没有睡好,那个天青色影子在脑中挥之不去。这世间所有的心动,都是从失眠开始的吧。

这边子衿到了家,也不开灯,在黑夜里坐着,长叹一口气。此行说是来度假,不如说是来疗伤的。子衿以手覆额,在床上躺下,半年前接那笔生意的情形还历历在目。那是一名年轻孕妇,生得颇有几分姿色,要装修一套三房,工程完工那日去查验,发现墙上挂的婚纱照男主角居然是自己的丈夫——夏明涛!多么讽刺的场面,她不知就里地撞进丈夫的外室家来了,他们还有了孩子且拍了婚纱照。所有的人都知道，只瞒着她一个，连公公婆婆都早晓得有这么个人。夏明涛不过是个公司中层管理人员，没有子衿丰厚的收入，怕也养不起小老婆，置这样另一个家吧。人间就是如此嘲弄人，再也想不到青梅竹马的爱侣翻过来看竟是这副模样。

子衿婚后久未生育，检查后医生说过，除非奇迹发生，不然子衿是没有机会怀孩子的。医生安慰说：可以去抱养一个。子衿在心里叹气，不能生和不想生是完全不一样的。公婆抱孙心切，所以合伙瞒骗子衿。其实大可不必这样，说一声，子衿即刻会走，她又不要男人养活。子衿要强，即便内心崩溃，也要装得若无其事，大方地离了婚，从头到尾不哭不闹不问，连看都没多看一眼，决不肯做弃妇状让人看扁，自己都觉得自己冷静得可怕，但熬得内伤重重。夏明涛嗫嚅着想解释的样子令人嫌恶，既然结果已经是这样，不如输得大方一点，挥挥手叫他走。谁要听对不起，一句对不起抵得过十年青春吗？

以前日夜为更好的房子、更好的车子拼搏，赚得比夏明涛还多。离婚以后，不肯亏待了自己——那么辛苦为谁？子衿索性把手头活计交给合伙人，到姑妈这所小房子里静养。住了一个星期，她才发现自己以前不过是一台挣钱的机器，只牵挂着存折上的数字，白白辜负了多少良辰、星空、明月夜。世上竟有那么多免费但美不胜收的东西；也有空把几年没碰的《红楼梦》找出来读。

刚来那几日，离婚时大口吞下的苦楚开始慢慢如蚁啮心般弥漫，神魂不属，在街上碰翻了沈家树的笔筒也浑然不觉，淋了一日雨，发了几日低烧，倒是瘦了一圈，能穿旗袍了。在这老街长巷穿行，心情没先前那么坏了。只是夜夜做噩梦，要不就失眠。

今日遇到沈家树,子衿也不由在心底暗自赞叹:这小子像凝聚了小镇的灵秀之气而生的一样,普通一件白衬衣就穿得那么有味道,好像电影里初恋小男生那样清澈的眼神,可是又有自然流露的一股优雅书生气质,像足黑白电影里的老派男人。虽是生意人,却没有那些人的俗气。他若穿件素色长袍,端坐抚琴的样子散发的静气,可以令四周嘈杂的雨声变得空灵,好像天地万物都随流水沉醉了一般。还有那一屋子的异香,似有若无,不知从何处来,也未见家里点着什么香。

明日反正也无事,不如去他家看《红楼梦》解闷。《红楼梦》是疗伤的好药。在书里阅尽繁华,暂时忘却红尘喧嚣吧。

夜里还是梦到了各路牛鬼蛇神,她惊得大叫,醒了以后再不能睡,全身冷汗如雨。好不容易挨到天蒙蒙亮,没有心情穿旗袍了,胡乱找件白裙子套起来,头发也没有绾,去散步。小巷的路曲折蜿蜒,多么像人生,你永远不知,转过这个弯,有些什么在等你。子衿停下来专心研究墙上的雨痕。把噩梦的不快忘记一半。不知不觉天空又飘起细雨,子衿在河边的长廊坐下。那里有间临河的小店,卖些家常的白粥、咸鸭蛋、米粉馃子。子衿的胃口被昨夜的菜恢复得差不多,她坐下来吃早餐。白粥,小菜,顿顿早餐如此,足矣,子衿都不记得上一次吃早餐是几时,忙起来,三餐不继,亏人们还说赚钱是为了糊口。

闲话少说,那厢来了我们的沈三公子,不知怎么,子衿一看到他,就想起一句戏文来:"公子,这厢走好?"然后丫头长长水袖甩出来,飘飘然像绽放在初夏的莲花。想到这里,子衿不禁浮起一个浅笑在嘴边,恰巧被迎面的沈家树看到,白衣翩翩的子衿在这晨风里,满头卷发被吹起,那个笑竟让沈家树看得怔在原地不知该怎么打招呼。还是子衿先叫的他:"沈家树,吃早饭吗?"沈家树回过神来,说:"出来走走,家里有新茶,可要去一试?"子衿反正是到处瞎逛,也走得差不多了,就随了他去。

"我正要去看你那套戚本呢。可有铁观音?"

"家里有一套祖父心爱的茶具,泡铁观音最好。"

去了子衿才知道,沈家树竟过着这么悠闲的日子,和他比,自己过的简直是牛马般的生活。你看他早起,开了店门,散一回步,呷一杯香茗,把瓷器都细细擦一遍。上午练几笔字弹一会儿琴就过去了,中午睡个午觉,起来有祖母小火炖的甜品吃,有客来了也是随他看去,不过分殷勤,不讨价还价。没见过这样不关心生意的生意人。没客人,就在书架上随手拿一本书看一下午。晚上爬格子,或者抄录些诗文,蝇头小楷在年轻人中间是失传的神技。一年里有三到五个月的时间,到各地乡村或古玩市场淘宝,练就一双慧眼。子衿在店里待久了,误以为回到民国。

子衿问他为什么不在大城市工作,很多年轻人大学毕业拼命留在城市里,再也不回来。沈家树笑着说:都市生活节奏太快,令我喘不过气来,何况我这人不喜欢和人斗心眼玩心术,太辛苦了。也是啊,沈家树的悠然神韵就是这种生活培养出来的,把他放到大都市里,朝九晚五地看老板脸色,和同事斗心眼,再好的气质也有火药味了。为五斗米折弯了腰的人,是不会有心情闲庭信步笑看落花的。

两人有一搭没一搭地说着话,转眼到午饭时间,祖母又盛情留饭,子衿与沈家树谈得投机,也就不推辞。吃了饭原本是要走的,又被祖母盛情留下多坐会儿,子衿就在他的大摇椅里躺着看会子《红楼梦》。沈家树也不与她说话,自顾自弹《梅花》。一遍《梅花》结束,自己连子衿什么时候睡着了也不知道,只见她白色麻料裙子松松笼着,天生极卷的长头发蓬乱散下来,长睫毛覆在下眼睑,睡得很满足很安心的样子。沈家树本来抬头说话的,看到这样子,倒呆了一呆,这个沉睡的样子似婴儿,任谁见了都会心生怜爱的吧。沈家树心想:看来你是好久没睡好了。他回屋子去找了薄毯子给她轻轻盖上。她似乎在做梦,微微笑了出来,沈家树拿毯子的手停在半空,恐惊醒了她。就这样,沈家树傻气地凝视着熟睡的子衿,像欣赏一件精致的瓷器。忘记手中举着毯子会酸,人生若只如初见,初见时,一切多么完美。

此后子衿就成了沁芳斋的常客。祖母也很喜欢她大方可爱,她又肯陪祖母说陈年旧事而不厌烦。那张沈家树的大摇椅,似有魔力,子衿一碰就睡着,晚上睡得不好,所以子衿中午都跑这里来补觉。沈家树就在旁边弹他的琴,子衿在悦耳的琴声中沉沉睡去,更令人惊喜的是,子衿在这张摇椅上从不做噩梦,总是梦到温暖干净的外婆家,也是乡下,也是这样木结构的老房子,子衿甚至记得梦里墙头上有粉红的乌饭花,外婆笑吟吟地走来给她拿块糯米糕吃。子衿笑问:沈家树,你家这椅子可是施了法术的?为什么我一躺下去就是好梦呢?沈家树只是笑着说:是,这枕头里有安魂草,可以神游极乐。其实子衿知道,令她有好梦的,不是这椅子,而是面前这个令她舒服的环境、安逸的气氛,不用绞尽脑汁计算成本利润,不必理会外人的指指点点,亦可以暂时忘却自己十年情深终被辜负的疼。心境平和起来,噩梦自然不再找你。

子衿从来没有这么放松过,从小读书要争第一,夜里做梦也在考试,做不出就哭醒。工作以后更是样样要争到人前,少有假期,加班到天明是常事,公私事务冗杂,神经总在高度紧张状态。离婚这半年,夜夜梦见各种奇怪的人在指指点点:就是她喏,不会生孩子的女人怎好算女人,怪不得老公养小老婆。在梦里子衿是无助的,跑到哪里都被他们堵住了这样说,急得她几乎要跳楼。于是掩面痛哭,要不就是逃到顶楼一脚踏空了惊醒。可是到了这里,什么都不须牵挂,光谈黛玉的菊花诗已经过去一天。对子衿来说,从来没有这么奢侈地浪费过时间,如果这样算浪费的话。子衿嫌电话煞风景,索性把电话也关掉,只晚上去看下邮件,惹得合伙人在网上紧急寻人,以为她失踪了。

沈家树教她鉴赏不同时代的瓷器,背着琴带她到老渡头看落日,领略"渡头余落日,墟里上孤烟"的诗意黄昏,缓缓弹一首《平沙落雁》。子衿在旁边睡着了,醒来的时候发现自己靠在沈家树的肩膀上,羞得脸都红了。学写隶书,画白描的稿子,去作坊参观瓷器制作过程。甚至像孩子一样,早起去小巷里找一个熟悉的老爷爷买他极甜的瓜吃。和沈家树相处真是半点力气都不用,他体贴、细致,令人放松,让她不必像以前那样担心妆有没有糊掉,睡着会不会流口水。两人像认识了几十年那样有默契,都喜欢黄梅天缠绵的雨,谈起《红楼梦》来更是非常对胃口。沈家树把会的曲子都弹遍了。子衿说,这琴曲,可以安神静心,一听就想睡觉,可见晚上还是没有睡好。在沈家树面前,子衿就是那个在外婆家的快乐女孩子,什么都不必矫饰。有时感叹,要是时间就此停滞了,多好。两个相似的人在一起,才有心有灵犀的快乐。

根本不用施任何脂粉,子衿的脸色已是一日好过一日,像回到上学前在外婆家的无忧时光。她不知道,她的失眠治好了,沈家树却失眠了。

三、转

一个微雨的清晨,两人去散步,子衿只顾看风景,白皮鞋一脚踩到水坑里,沈家树及时扶住了她,她整个人都跌进沈家树怀里,子衿发现自己竟然脸红得发烫。自己都觉得诧异,不是早就过了脸红的年纪了吗? 一时找不到话来说,沈家树打破僵局,说:可惜了这鞋子。可不是,鞋跟断了一只,又扭了脚,只好让沈家树背着走。两人都不说话,只听到各自的心跳。怕一说,就泄露了各自的心事。两人第一次离得这么近,沈家树一路沉默,可是很享受这样的静默和子衿身上的气息。

伏在沈家树背上,子衿有点恍惚,像看到十年前的自己,彼时的他也爱穿件白衣,爱背着她到处走,那时她淘气,会把他头发揉得乱糟糟的,用手蒙住他眼睛,让自己做他的眼睛,指挥他往前啊,转弯啊,前面有块石头啊。有次子衿贪看路边风景,忘记提醒,两人齐齐摔在路边,痛虽痛,爬起来却是笑得止不住,多么甜蜜的痛不是? 那手肘上的伤口后来长成一只蝴蝶的形状,每每抚及,好像是昨天的事。那时的自己多好,没经过也没见过什么,可是快乐却货真价实。后来得到的越多,快乐反而越难获得,就连得到什么名贵物什的快乐也超不过小时候吃到一支盼望许久的赤豆棒冰的雀跃。可见得到多寡和快乐没有多大关系。如今就只余一颗被现实打击得千疮百孔的心。到底是谁偷换了流年。

　　往事如烟啊,子衿深吸口气,鼻子酸酸的,嗅到一种熟悉的洗发水的独特味道,似曾相识。不信,再嗅,十年前的皂角洗发水,如今谁还用这个呢? 难道是糊涂了,忍不住问:"沈家树,你的洗发水什么牌子? 好熟悉的味道。"沈家树说:"祖母用古法调制,原料是皂角,治头皮痒有奇效,你可要一试? 比市场卖的好些。"原来如此,沈家树家的平常东西,都是宝贝。子衿暗叹,是谁把流年偷换,当初那对无邪小男生小女生如何就被烙上岁月的痕迹?

　　到家,沈家树将药酒敷在子衿脚踝上,轻轻揉使皮肤吸收。暗地里有点高兴,子衿行动不便,倒有机会名正言顺照顾她。祖母又泡了极香浓的铁观音来。子衿说,吃了这茶,别的茶恐怕就再也闻不出味来了。见她裙子下摆弄湿了,祖母说:"我还有两件衣服,恐怕你还穿得。"说着就去开箱子找了衣服来。祖母笑着说道:这两件衣服还是没出阁的时候做的呢,看这滚边、绣花,都是上好的。只是现在没有人穿这个了。压在箱底多年,你换上试试,看能不能穿。子衿看了大乐:这件衣裳我见过的,《桔子红了》里面的秀禾有一件,原来还真有这样美的衣服,这次真是来对了。

　　急忙去换了来,俨然一个古典淑女的样子,子衿细细摩挲那精致绣花,细密针脚,金丝盘花葫芦扣子,喜得不得了。祖母说:"这衣服你配穿,像为你做的一样。"沈家树见她这样高兴,在店内找了一个珐琅蓝彩的老银发簪给她绾头发,以及一个绕了细银丝的青花瓷片小坠子串了流苏别在襟上。打扮停当,子衿照镜子:真像在拍电影哦。现在要找一个能做这样斜襟衣服的好裁缝都难了,别说是这样精致的绣花。祖母说:"你既喜欢,就给你了,我收着也是白白霉坏了。"子衿说:家传的宝贝,太珍贵了。拍个照片留念吧。

于是沈家树拿了相机,让她端坐在那紫藤的花架下面,搬了琴桌来,安置好琴,教她一个弹琴的姿势。沈家树注意到子衿的十指修长,指甲亦美,是一双弹琴手。子衿十分配合,颔首低眉,拍了几张照片。沈家树心里暗自想道:此生若能和她厮守,再无憾矣。

子衿把那衣服穿了一天,至晚间自己裙子干了,换了才回。这一日的经历像做梦一样不真实可是很快乐。她许久没有这样快乐了。

到家睡觉时发现,日间那个坠子忘记褪下来。子衿不禁拿在手中细细赏玩,不规则的三角形,非常小巧,像是哪个花瓶里缺的一个口子,旁边别出心裁绕着波浪纹的银丝,雅致可爱。花纹极美,纯正天青色,看得出是老东西,强过多少璀璨的黄金美钻之类的俗物。子衿把东西收起来,歪在床上看本闲书,却是一个字也没看进去。"这个沈家树,神仙一样人品。罢罢,既然没有可能的事情,还是早点退步抽身,免得将来陷于不可收拾之地,徒惹伤心。还是早点开工去吧,始终要回去面对现实的。"

第二天一早,脚肿消了大半,于是就收拾行装。弄得差不多时,沈家树带着纯白的栀子花来敲门,还有祖母的清粥小菜:怕你腿不方便,给你带了早餐来。子衿把坠子还他,沈家树说:"子衿,这坠子配你那件天青的旗袍是极好的,留着吧。天青料的配方已经失传,这个颜色是难得的了。"子衿说:"既这么珍贵,怎么能收?"沈家树看到角落里的行李,心内一酸,知她要走了,虽然知道迟早有这么一天,但没想到来得这么快。千言万语堵在喉咙里,不知该怎么说出口。

"可是要走了?"

"是,假期过完,要回去工作了。"

"这些天,你可过得愉快?"

"我向你保证,这是我有过的最好的假期,非常愉快,谢谢你,沈家树。"

"你脚没好全,要记得搽药酒啊。真不放心你这样走。"

"一直以来,都是我自己照顾自己的,放心,沈家树,我会快乐的。"

沈家树把那个流苏坠子轻轻给她别上,子衿只觉得心酸,强忍着泪不掉下来。还以为自己是金刚不坏之身了,谁知还是这么爱哭。

"留着这坠子吧,子衿。这是我祖父二十年前收来的一件青花瓶子,不留神弄缺了一角。我爱上面那朵牡丹,就拿去加工一下,做成了坠子。传世的天青色青花极少,我一小片都不舍得丢掉。子衿,在我眼里,你就是传世的绝品青花,你可明白?"说罢托起她的脸。

子衿低头,眼里噙满了泪水,努力不让它落下来:"不,我不是青花,我的往事和青瓷上的冰纹一样多。什么时候冰纹碎成粉末,也未可知。"

"我不管你有怎么样的过去,我不介意,谁的过去又是一张白纸?"

"我介意。沈家树,我太怕失去,所以还是从来没有拥有的好,我们这次相遇,是佛祖慈悲。我们的世界差得太多太远,还是就此别过最好。"

"我会尝试接近你的世界,希望不用太久。"

“我不值得你放弃原有的生活,去污浊的都市摸爬滚打,你是属于这里的。沈家树,我不忍心。”

“你是值得我等的,记住,我总是等你的。不管你在何处。”沈家树居然还能笑。

临走时,子衿只肯给他一个电邮号码,从此各自天涯。子衿头也不回地走掉,怕一回头就会后悔。她用上所有力气阻止自己回头。

那个青花坠子,一直带在身边,子衿只有蓝白两色的衣服,这个坠子配哪一件都好看。闲时抚摸把玩,想起这里面的故事,不是不幸福的。那句“我总是等你的”,说得宛如初恋,像这世间任何一种初遇,尚没有经历过风霜的感情一样令人心动。

爱情有时候就是这样,在世界的一个角落里,独自静静等待,并知道世界的另一角,也有这样一个人,在孤独地等你。永远活在彼此最美丽的记忆里,像青花瓶子里永不凋谢的牡丹。子衿是固执如牛的脾气,宁愿这样。对婚姻这件事,她已经生出深深的倦怠感。一个人来去自由,无须跟谁报备,无须应付复杂的姻亲关系,所有时间都是自己的,真好。

不忙的时候她穿件宽大的白衬衫,以及一条破牛仔裤,在楼下打通的画室兼工作室待上一天,只为画一幅白描荼蘼花,也是极好的。也呼朋引伴,但更多的时候,她甚为享受独居生活。

沈家树的电邮隔天一封,从未间断,好像永远不会疲倦。

有时是几句小诗,有时是一段典故,有时是一件好玩儿的事,有时是找到了一个上好的瓶子,经由沈家树的笔写出,像碧涧流泉一样淙淙涌来。

那些孤独苦涩的夜里，读这些电邮是子衿甜蜜的功课之一。但是子衿始终没有回复过。这样经由文字的仙缘，对子衿而言是最好的相逢。

四、合

没有家事牵绊，事业倒是一帆风顺，子衿早早实现经济独立和小范围的财务自由，比如说给自己在城郊买了一所有花园的房子，一楼做工作室，二楼做起居室。始终单身，对复杂地婚姻关系好像是绝缘了，再提不起什么兴趣。郊外四季颇有世外桃源的样子，鸟语花香，洁净舒适。

某月某天，子衿去书店，看到自己多年前的那张穿着祖母衣服的照片，出现在一本书的封面上，眉眼依旧。书名叫《青花》，作者是沈家树，扉页上写着："一别经年，流水落花相思去也；不期而至，明月清风故人来也。"终于出书了，还是这样有名的出版社，沈家树看来已经成为业内翘楚。

回家的路上，一直在回味扉页上的话，不期而至，呵呵，多么浪漫，现代人做什么都要提前一周预约，沈家树还是那么潇洒可爱，记得这些古老诗意的句子。

不知为何，子衿的热泪终于滚滚而来，终于到家了，在廊下台阶上坐一会儿。从对面屋子里飘来一首周杰伦的歌，旋律很美：

天青色等烟雨

而我在等你

炊烟袅袅升起

隔江千万里

在瓶底书汉隶仿前朝的飘逸

就当我为遇见你伏笔……

而这五月的天，也正如他们初见的时候那样，准备要下起那缠绵的雨了。

一天

　　九月湿热的早晨,阳光早早照进十九楼的卧室,蔷薇不需闹钟也会在六点钟准时起床洗漱。新换了份离家近的工作,需要提前半小时,才能赶在百般挑剔的女主管之前到达公司而不被翻白眼。女儿和陈升还在酣睡中,房间里弥漫着陈升臭袜子的味道。结婚十年陈升依然不懂得把臭袜子放在洗衣机旁边,看来改变一个人的秉性的确难如登天。

　　蔷薇轻捷地绕过梳妆台,差一点被床头柜上陈升乱丢的牛仔裤绊倒。这个陈升,永远不知道把隔夜衣裳挂起来,哪里脱下就丢哪里。每晚要醒过来数次给踢被子的陈小米盖被子,蔷薇的脸色再不是粉蔷薇了,对着镜中大大的黑眼圈,她拍完小黑瓶拍小棕瓶,层层叠叠地拍着护肤品,像个仪式。

　　陈升曾经嘲笑说:"长年累月地拍,会不会把脸拍肿?"蔷薇自然不理会早早就放弃身材管理的陈升的嘲讽。女人的美大部分是用来自赏的,得先愉悦自己,身边的人被悦不过是沾光而已。最后再来一层气垫,中年女子不靠脂粉真的很难有好气色上街了。幸好睫毛依然细密卷翘如两排小扇子一般,眉毛也只消疏疏两笔就

129

可以画完,娃娃脸略有些塌了,发型补一下仍可以挽救。化完妆,蔷薇对着镜中的人造好气色抿抿嘴唇,抹上唇彩,背起大大的黑色鳄鱼皮包,六点五十分准时下楼,发动车子咆哮而去。

九月的清晨,风中已有一丝慷慨的微凉,太阳尚未完全发挥威力,这是个普通的周一早晨。蔷薇在路上花了与往常一样的十五分钟,还有空停下来买一卷虎皮蛋糕和一杯焦糖玛奇朵当早餐。空腹喝咖啡是不利于养生的,蔷薇当然知道,可是在一天高强度的工作和永远不足的睡眠之间,提神的咖啡是必要的选择。

星巴克的女服务生不厌其烦地问要不要升杯,蔷薇每天都来,女服务生每天都问同样的问题,真是毫无创意。她不晓得一杯焦糖玛奇朵的糖分够蔷薇在健身房挥汗如雨一小时了,身上一不小心就横着长的赘肉时刻提醒着她,三十好几了,新陈代谢慢了,不能乱吃东西,否则一不留神就胖成大婶。这个社会对胖而憔悴的中年大婶可不怎么友好。"00后"一句脆生生的"阿姨你好"杀伤力还是很大的。

偶尔蔷薇也为女儿准备一下营养早餐,弥补一下自己无法陪女儿画画做手工的愧疚。但不是今天,周日约好的甲方今天要一起对账,上午还要开会,准备一堆报表和资料,下午三点和乙方去开个会。一天都在开会,不断地提出问题,反驳,测试可行性。然后调整数据,表格里密密麻麻的阿拉伯数字变来变去,足以消耗所有的闲情逸致。

蔷薇是个审计工程师,这一行女人很少见,所以她整天和男人打交道,而且是世间最精明厉害、最善于算计的男人。

甲方成本部西装革履戴着金丝边眼镜的道貌岸然大叔,乙方工程部灰头土脸的衣领永远没有洗干净的预算员,审计局里一口官腔眉目板正皮鞋光可鉴人的肖科长,除却第三方咨询公司技术部的宋蔷薇,几乎全是朋友圈盛传的油腻腻的中年大叔,啤酒肚、谢顶和小叶紫檀手串,算计起利润来不遗余力,多半见到漂亮女人两眼和狼一样放着绿光。蔷薇感叹行内难得见到一个清爽的年轻人,即便有,在数据堆和赤裸裸的钱堆里滚上三年,也是一身铜臭味儿,眼里心里只有钱了。

宋蔷薇也不晓得从小数学盲的自己,是怎么稀里糊涂走上这条职业道路的,草草读个大学,就这样钻进图纸堆混了十年。

起先只是糊口的职业,近几年因为女人独有的细致耐心倒也是打出了一片天地,在业内算是标杆女性。全公司连安德里娅女爵也不敢轻易开罪她,因为重大项目都在她手里,差池不得。她是带着项目进公司的,相当于半个合伙人。即使这样,蔷薇还是万分小心,也不与安德里娅多计较什么。换了十年前,估计两人可以掐起来的,那时的蔷薇也是不太好惹的。

现在不一样了,有了陈小米每日柔柔腻腻喊着妈妈,蔷薇身上棱角被磨得光光的,脾气也温婉起来,像陈升这样每日抱住两只手机打一天游戏,即便家里扫把倒了也不扶的样子,她也可以泰然自若忍着,下了班还洗他的臭袜子。也不是不能请钟点工做家务,但蔷薇不擅长收拾东西,请人来收拾越发要找不到东西了,还是自己抽空慢慢做着,做家务的时候脑子暂停一下清空数据也是休息。

就在她整理上午资料的时候,女主管安德里娅也早早来了,踩着十寸高跟鞋,所到之处都是示威般的哒哒响,扭动着一吨重的肥臀,女王巡视般路过玻璃门前,眼角扫了一下,又走了。这位取着时髦英文名的女主管,不晓得是哪个领导硬塞给老板来领现成工资的,老板给她一个技术部总监的虚职,其实什么都监不了,就是一个摆设。

偏她嚣张惯了,又不甘心当摆设,业务不太通,寻不出不是来,只好在员工的迟到早退和审计报告文辞上下功夫,用时下流行词来讲就是找存在感。公司上下没有人不怕这位全身都是戏的太后娘娘,一言不合就兰花指翘起指点江山,从你的裙子太短挑剔到唇膏颜色太艳,自她来了以后都没有实习生小姑娘敢穿小短裙了,一个个被骂得面无人色。

安德里娅胖而阔的圆脸上,戴着一副圆圆的黑框眼镜,长发披散在肩上衬得脸上的横肉越发多,还不时甩头将头发演着霸道女总裁。今儿穿着桃红色长T恤和烟灰色的打底裤,宽松的T恤也掩盖不了腰上一坨坨肥肉,如绑了三个救生圈,紧身裤子暴露着恐怖的腿型,最雷人的是防晒外套的下摆一道一道流苏蕾丝叠加着,走动起来活活就是开屏的孔雀的尾巴。

能在高端定制店挑出这种颜色这种款式的衣裳,蔷薇也是很佩服她的品味。那家店也是蔷薇常去的,老板娘和她相熟,提起这位女爵也是只有咋舌的份儿,所有雅致简洁的款式一律不瞧,谁也不敢推荐她穿颜色略深没有大蝴蝶结和流苏的衣裳,她那声"哎呀,好老气啊"会即时响彻云霄的,仿佛自己还是十八九岁有一尺九小腰的排场,蓬蓬裙蝴蝶结什么的都敢往身上招呼。庞大身躯配着的十寸细跟总是给人随时会折断的感觉,蔷薇替她的鞋跟捏着把汗,再贵的鞋子也是禁不起这样穿的。隐隐听到她在数落准点到的实习生:"这个点才到,现在的小姑娘真是没有责任心啊,报表在八点十分前交给我,准备开会!"

蔷薇收拾好高铁广场的资料,足有三十厘米高,抱起来往会议室赶去。会议室在女爵隔壁间,要穿过长长的甬道,如果女爵落座之前发现少了谁,那又少不了一场精彩的官司了。

倏忽之间,蔷薇好似看到桌子边缘溜过一只小小的蟑螂,再看又消失了,疑心自己没睡够,看花眼了,办公室里什么吃的都没有,蟑螂来了也待不住。蔷薇可不是见到蟑螂就尖叫的小女子,跟着男生们一路要到大,整个青春期都看周星驰的无厘头电影。电影中周星星的宠物蟑螂学名小强,这小强多么像某个忘记面目却有着莫名亲切感的路人甲小学同学,想起他为了秋香卖身进相府拎着小强哭诉的镜头,蔷薇不由得泛起一个微笑。

那时世界很小很单纯,又穷,没什么地方好去,日日与陈升没事就窝在家看周星驰也没觉得多少苦,闲了还亲自撸起袖子出演无厘头的对白:爱一个人,需要理由吗?需要吗?不需要吗?这样可以玩一天,那时的陈升连牛仔裤都舍不得让她洗一下,说她胳膊细会累着。而现在,大概也是审美疲劳了吧,手机游戏才是新欢,蔷薇顶多算个保姆式的旧爱了。

略一失神间,脚步却没有停下来,蔷薇发现前方飘散着极淡的祖玛珑蓝风信子香氛,广告语号称是初恋的味道,似有若无地入侵着,这也是蔷薇常喷在衣柜里的香氛,因嫌喷在身上香味太浓郁。

这家审计事务所里,全是油腻腻的中年大叔,不可能有这样清新好闻的气味,一定有陌生人。自打生完孩子,蔷薇的嗅觉就一直保持着孕妇时期的灵敏,果不其然,女爵对面的座位上坐着一个穿粉色细格子短袖衬衫、剪裁得宜的卡其色裤子的男子,他眉目清朗,戴一副窄边银框眼镜,乱得恰到好处的板寸头如茂盛春草,略一回首露出后颈碧青的发脚,看到蔷薇,点头微笑示意,十分端然得体。

蔷薇和他打个照面,略怔了一下,不及细想,安德里娅已经坐下来,介绍了对面的来客:新的技术部副总监,名唤颜默然。蔷薇心里咯噔一下,颜默然,你哪里不好去,偏要来这里?

混世十年,蔷薇并不愿意十分入世,谁的队都懒得站,只管做好自己份内的事儿,就是因为专注做自己的专业,才做出些口碑来。

蔷薇把整改意见讲完,会议出奇地短暂,早早散了。倒是解放了蔷薇的腰,平日里安德里娅要从盘古开天地一直讲到她从小学到大学的光辉历史,到会议切入主题的时候,往往已是半个上午过去了。少开一会儿无聊的会议,有事情电话联系沟通一下,效率高多了。蔷薇是埋头做事的人,不爱搞人际关系,也不耐烦找和大叔们推敲文件的空子好去钻一钻。

不过一个短会的工夫,已然是上午九点半了,回到办公室拔掉充电的手机,显示有范希里的未读消息,约她楼下咖啡厅吃午餐。这个空中女飞人,今日倒是有空来见旧友。蔷薇只有一小时午餐时间,断然是不够聊的,扫了一眼八尺高的资料,迅速埋头,提高效率,省出些工夫来与希里吃饭。

希里是蔷薇从小到大难得的闺中密友,一样的水瓶座女子,希里精力更旺盛些,也是整日和一群男人打交道的,天天和八国客户开会,不定时飞全球的分公司巡视、参观、学习,时差都不倒就开电脑回邮件,工作很拼,效率也高,也是个独当一面的家伙,又美又能干,永远踩着高跟鞋,气宇轩昂,公司人称中国希拉里。德国客户、法国客户、巴西客户、挪威客户等八国客户召集起来开会,只要遇到范希里无不乖乖听话,不出什么难为人的幺蛾子。平常哪里抓得到她人,不是在飞机上,就是在去机场的路上,登机前还在回邮件。所以蔷薇愿意牺牲午休时间来与她吃饭。

闺蜜的好处就是,你说一句,她就知道你七八成心思了,相处起来全不费力气,不说话坐着也不尴尬。而且聊天也无顾忌,不必担心说错话、说漏嘴。太了解彼此了。她们一起度过漫长孤寂的青春期,一起分享成长路上的喜乐哀愁,前后脚结婚生子,各自在自己的专业里独当一面,如此相似,如此相惜,如张爱玲所说:所谓知己,就如照镜子,把你天性中最美的一部分映照出来。希里和蔷薇就是如此。

蔷薇急急埋首于资料堆里,把下午的工夫也赶出来一些,午餐才能吃得安心。到了这家新公司以后手上项目太多,大家又忙,简直不记得上一次一起吃饭是什么时候的事了。

桌脚边爬过来一只刚刚出生不久的小强,任何的小动物幼时都有种天然稚气的可爱,哪怕是只小蟑螂,也有它可爱的地方,日光照得它通身几乎透明。它籁籁爬到蔷薇的图纸上,在小数点上睡觉。

蔷薇不觉停下飞速敲击键盘的手指,俯首去看这只小蟑螂,阳光太强烈了,它腿上细细的毛刺都可以看得清楚,这么小,就要自己出门寻生计吗?蔷薇不由得动了恻隐之心,看到那只没吃完的虎皮蛋糕,蟑螂应该爱吃甜食吧。掰下一点渣儿来,丢在它面前。它也是涉世未深,不晓得人类是以一巴掌拍死蟑螂为己任的,还好遇到的是蔷薇。

蔷薇侧头看它,它竟是不怕人,大大方方吃了那蛋糕渣儿,还在图纸上翻个身,悠悠踱步回去,顺着桌脚回它的地板缝里去了。蔷薇为自己泛滥的母爱几乎笑出声来,连小蟑螂都不嫌弃。

继续对着电脑,密密麻麻的表格里的数字小得几乎看不清。不多会儿,那只小蟑螂又折回来,这回爬上了旁边丢着的平板的界面上,好似在定睛看着蔷薇,煞是有趣。蔷薇是把工作和娱乐分得明白的女人,平板只用于午餐时间听个曲子,或者上淘宝买个零碎用品,这是工科男陈升能想到的唯一的生日礼物。

有时候陈升也拿它玩个小游戏。这蟑螂淘气得很,停在微信图标上不肯走,看看时间差不多到饭点了,蔷薇想把平板的外套套上,又不想下大力伤了它,错手之间点开了微信图标。意外的是登录的不是蔷薇的号,依稀想起前几日陈升手机被陈小米丢进水里,陈升拿它去救过一天的急,陈升是一天不玩游戏就会不自在的那种理科生。如果读书写字是蔷薇的救赎,那么电子游戏就是陈升的救赎。

蔷薇和陈升认识超过二十年了,蔷薇从来不是追着男人要查手机的女人。她素来相信,人生必定有比查男人手机更重要的事情可以做,投资自己永远比投资男人重要。

所以在陈升的两个手机号都拨不通的时候,她从不问为什么。他出去应酬,她也从不问他几点回家。保持距离是夫妻之间得以天长地久的最好办法。但是面前的这个微信号被自己噌噌地打开了,数十个未读消息跳出来。看还是不看?蔷薇犹豫了一下,人总是有好奇心的。

　　小强又回来了,停在一个完全陌生的头像前,蔷薇伸手点开了,发现是一个卖珠宝的商家,而陈升在这里买了一个五克拉的红宝石戒指,心形红宝石价钱不菲呢,图片看起来非常美艳。到货日期显示是八天前,八天前陈升不是正好在南京出差一周吗?

　　蔷薇素来不戴这些东西,仅有的结婚戒指都不知丢在哪里积灰尘。到底是珠宝,蔷薇努力回忆最近是否有什么纪念日。完全没印象嘛,何况陈升不是个懂浪漫的男人,结婚十年从来不会买这种东西送她。他只懂得买新款电子产品,比如数码相机、苹果手机、最新款的苹果电脑。印象中连结婚戒指都是蔷薇自己挑的款式,也根本就没有什么求婚仪式。结婚这事似乎是惯性使然。

　　蔷薇忽然想起最近陈升洗澡的频率有些高,以前他是不爱洗澡的,不催催,三天都不洗。好像衣柜里博柏利的衬衫也忽然多了几件。陈升对博柏利有着莫名的迷恋,虽然博柏利真不是给他这样有肚腩的中年大叔设计的。动辄四位数的白衬衫他下手毫不心疼。彼此太熟悉了,蔷薇也不太操心他穿什么。反正都是衬衫长裤,衣柜里任何一件衬衫可以配任何一条长裤。

　　夫妻日久,都已经熟到不关心对方穿什么,何况蔷薇这一阵忙得人仰马翻的,神经衰弱到需要吃褪黑素才能睡着。陈升也不过问她吃什么。这枚五克拉的红宝石让看似宁静的日子有了晃眼睛的疑问。到底问还是不问?好像生活时常会进入这进退两难的境地。蔷薇有些后悔跟从小强的脚步点开这个图标,平白惹出这样的烦恼来,对生活对工作对身心一点益处都没有。正在思忖的时候,希里电话追来了,她已经在楼下西餐厅等着了。蔷薇来不及多想,把平板塞进抽屉,抓起手包下楼去。

这是本市最贵的写字楼,配套的西餐厅环境幽静,光靠接待这幢楼里的人就足够混日子子。不过的确有很地道的甜点,没有外卖的那种甜腻,且用料讲究,焦糖布丁、小小戚风杯滋味简单却回味悠长,最好吃的抹茶小蛋糕,蔷薇一次可以干掉两个。

希里坐在靠窗一侧,低头翻着餐牌,不过是普通的白衬衫黑长裤,极简的细跟鞋,唯一装饰就是一头乌油油长及腰际的卷发,额前尚有细密小卷儿,晶莹洁白的小圆脸,十足是个画中人。

蔷薇远远就看到她风采卓然的样子,在心里叹道:"这人是要成精吗? 明明还比自己大六天,怎么越活越回去的样子? 白衬衫也能穿这样精彩。"蔷薇想起早晨起床在球鞋和细跟鞋之间犹豫的自己,好像是开始自我放弃了。笑盈盈落了座,蔷薇抱怨着:"说说,你是怎样平衡全球长途飞行和打理这一头长长乌发的? 我时常忙得连出去洗个头都和打仗一般。"

希里但笑不语,手托着腮,调皮地眨眼睛:替你点了两个抹茶,午餐吃什么好? 我升了职,你随便吃啊,不要客气。还从包里拿出一套海蓝之谜:试试这个,据说不错的呢!

蔷薇也不客气,接过手袋来:"每年升两次职,再这样下去你家老板的椅子是不是得交给你了?"

希里搅着手里的小调羹,慢条斯理地说:"要在南京开分公司,我不高兴去,去做开荒牛,太累。"话锋一转:"颜默然今儿去你们那里报到了吧?"

蔷薇笑道:"你哪里的耳报神,他九点才到公司,你十一点就晓得了?"

希里坏笑着说:"同学群里盛传,我哪有空操他的心,我是替你操着心呢。"

蔷薇戳她额头："你多操心下华生吧，我的事我自己能搞定。都那么多年了，再见又能如何？旧情复燃这种戏码我也演不来，每日对着陈升一个就够累的了，我们陈小米在幼儿园都有小男友了，求女侠饶过我，我留着力气回家洗衣裳拖地是正经。"

希里的陈华生先生是著名的会赚钱、勤快还疼老婆的模范，早早辞职创业，每日接送女儿上学，女儿上兴趣班他风雨无阻地陪着，从幼儿园的手工到海外旅行都安排好，钢琴、游泳课的陪练全是华生。连希里的娘家都照顾得妥妥帖帖的。有时候两人聊起来，希里也觉得自己运气太好了，比起凡间种种油腻发福猥琐的中年大叔，华生却是几十年如一日，一块多余的肥肉都没有。希里常叹自己不知几生修到此人。有人宠的女人总是难免跋扈些吧，希里在公司里说一不二，早早就负责整个生产部，又八面玲珑，在圈里人缘很好，所以耳报神特别多。

蔷薇与颜默然那一笔旧账，希里自然是知道的，她是陪伴蔷薇度过整个孤寂的青春期的女朋友。在三年五载就可以是一生一世的青春期，少女心事都是要分享的。颜默然是那种仗着自己生得略好些，就很会招蜂引蝶的男人。蔷薇的初恋，也颇牵扯了两三年。年少时节，三年五载就和一生一世那样长啊。其间颜默然总能找到理由和别的女生去约会，惹蔷薇伤心不已，又做不出决绝的分手。月黑风高夜，蔷薇决定永远退出这个蜂飞蝶舞的颜氏舞台。

戏很多的颜默然还追了两里地，天生喜欢自怜的还倒过来埋怨她：你才是我正牌女友，我同她们手都没有牵过。也是啊，不就是一起打个球唱个歌嘛，但是明知道那个女生天天写情书倒追，也还跟着去打球，那就有些矫情了。蔷薇属于心软耳朵又软的人，不是希里在旁边拉着她头也不回地跑掉，现在是什么场面也未可知。所以希里不放心，要来看看，十年过去，到底是要有些长进的，再不能被他拿在手里了。今日一看果然，蔷薇已经是铜墙铁壁般的端然女子，等闲的人，也不能放在眼里了。

这厢希里眼尖，使个眼色过去，蔷薇眼神扫过去，看到那个穿粉格子衬衫的颜小生，进了包厢。希里轻声说："刚刚进去的，是杨磊。"蔷薇心里仿佛有阵阵惊雷，杨磊，是她手里最大的项目的乙方总负责人，和希里也熟，照理说颜默然第一天来上班，不该约见这么重要的客户而不问过蔷薇，那是她的客户。而且第三方咨询公司的审计人员和乙方私底下接触是犯了大忌的。今儿这事真够乱的。陈升的戒指还没扯清楚，自己的项目眼看着要出事儿。

二人刚刚吃完两个抹茶蛋糕，卫姗姗的朋友圈有更新。蔷薇屏蔽了大部分人的朋友圈，余下几个都是很少更新的人。卫姗姗是蔷薇一众闺蜜里面生活最悠游自在的，家世好，找了个小中产人士早早结婚生子，孩子由保姆带，她寻一份闲职，负责貌美如花。

每年最大的忧愁是：度假是去马尔代夫还是塞班？头发是烫卷好还是拉直好？是花裙子好还是素色裙子更显年轻美貌？蔷薇定期与卫姗姗、范希里吃饭喝茶，观摩一下她们的样板模范中产婚姻生活，告诉自己其实也有人过着书里的生活。五谷不分的卫姗姗最大的好处是从来不炫耀她所有的一切，虽然她的起点已是很多人努力的终点。朋友圈晒旅行照都是只有几个人能瞧见的，安安分分研究她的生活美学心经。城里哪里有间小众的咖啡店，哪条旅游线路文艺又人少，实景牡丹亭去哪里瞧最好，她全部知道。

下楼买豆浆也是要收拾得停停当当的,油腻的中年妇女和她完全不沾边。造物主赋予一个女人的好运气,好像全在她这里了。她找蔷薇有十万火急的事情,也不过就是秒到了陈奕迅的演唱会门票要拉她一起看而已。卫姗姗的朋友圈基本是一个旅行大咖的专业照,开着拉风的跑车,喝着香槟,穿着低胸小礼服那种,全世界海岛都要跑遍了,就差去南极看企鹅,去北极看极光了。

看来看去也就那样,所以蔷薇也甚少会在第一时间去点开。希里手快,嘴上也不饶人,常嘲笑姗姗都有小肚腩了还穿比基尼。不知怎的,她有些错愕,把手机递过来。蔷薇不解,接了看,卫姗姗的朋友圈照片,有什么异样吗?

放大,首先映入眼帘的,是姗姗背面那个长发花衣裳女子手指上的红宝石戒指,心形,其次就是背对着姗姗的那个熟悉的后颈,陈升的后颈有块红色胎记,而有这样红色胎记的男子应该不是巧合吧,当然还有熟悉如自己左右手一般的身形,博柏利的白衬衫,巴利的男鞋,左手的欧米茄表还是三年前蔷薇买给他的生日礼物。

文字显示是在塞班岛,玩得真是够远的。想来是姗姗回来整理照片以后发的朋友圈,但是姗姗对陈升印象不深,拢共也没有见过他几次。希里是陈升高中同学,他的胎记希里是清楚的。蔷薇看完,也不知该说些什么,只好自嘲说:谁说中年油腻男没市场啊?有两个钱,有的是人扑上来。

希里制止她:"先不要妄下判断,说不定只是偶遇。"蔷薇指着那女子的眉心红痣:"你不认识她,我认识,高中追了陈升三年呢。五班的邵歌卿,后来没读大学混世界去了。"希里细看,眉目依稀是,在心里暗叹:"陈升口味够重的,就邵歌卿这身廉价的花衣裳,瞎子也看得出来是混哪里的。根本就是大富豪的活招牌嘛。男人作起来真是要命,还真愿意下本钱,那颗红宝石够买部日本小汽车了。"

咖啡馆的冷气让蔷薇脊背生凉,时间也差不多了,还是先回去把工作做完吧。男人会背叛你,工作不会。希里此时也不好再讲什么,放她去了,只叮嘱她沉住气,有事电话联系,多晚都可以。

一点半,蔷薇仍埋首于山一般的图纸堆不得脱身,脑子里总是闪现邵歌卿的红宝石戒指和陈升后颈的红胎记,好几次把数据都输错了,眼睛盯着电脑屏幕细细碎碎的数字,酸沉得只想闭上。

她记起还有副蓝光眼镜,取出戴上,眼睛舒服了很多。其间她收到颜默然的约饭消息,晚饭约在安缦法云——那间隐蔽在林子里的清幽餐厅,不提前定位子是没得吃的。

颜默然那种笃定语气,好像他们从来没有撕破脸分过手一样,他就是这样戏很多的人,以为所有女人见到他的皮相便走不动。蔷薇本来是不去的,但是想到那枚红宝石戒指就答应了。虽然这么多年过来,她和陈升之间早没什么激情了,也还是觉得刺心了些。去吃顿好的,今天才会过完嘛。以后她和颜默然在一间公司做同事了,躲起来也没用。

情绪低落的时候,蔷薇希望有好东西吃,可以满足一下挑剔的胃,分散下注意力,管他对面坐的是谁呢。对颜默然的荷尔蒙,早在十年前就死心了。何况也是时候去和青春期敏感自卑什么都不敢要的那个宋蔷薇言归于好了。蔷薇总是想起二十年前被抛弃的自己,从自卑自怜,到现在慢慢接受。谁都有那样的年纪,谁都有懦弱无能的时候,但不是谁都变成了自己想要的样子。今时今日的蔷薇,就是卑微的自己向往的样子,所以去吃一顿饭也不错,算是扳回一局,虽然时间隔得久了一点。

看看时间,小米的放学时间到了,想起陈升说今天去香港出差的,小米没人接,得自己去。蔷薇不由自主想到,真的只是去香港出差吗? 婚姻的腐烂就是从信任的崩塌开始的,每一句话都可以是谎话。

但是发现自己其实也没有那么生气,好像笃定早晚有那么一天似的,相看两厌,激情殆尽,寻点刺激激荡一下所剩不多的荷尔蒙,大约是很多中年男子的心路历程,只不过有人真的赤膊上阵,有人忍一忍就过去了。

蔷薇想起陈升独自生活在自己的游戏世界里也是很久很久了,居然有女人可以令他放下游戏机去海岛晒太阳。怪不得无论蔷薇说什么他都接收不到,原来一个人心里不再有你时,也就不再接收你的信号了。

应该是有好几年了吧,不再发有感情色彩的消息了,能用一个字说明白的绝不用两个字,有事直接电话,三言两语说完就挂。大概他的俏皮话攒着说给别人听了。彼此在一个屋檐下吃饭睡觉,却像活在地球两极,除了问吃什么几乎老死不相往来。

蔷薇闲暇看本闲书,看沉闷的文艺片,听支昆曲舒缓神经,或者插好花布置茶桌喝下午茶。而陈升只喜欢上网看恶俗视频,读书毕业以后就没有看过有汉字的书了,除了手游就是美剧,喊他三五声没回过神来也是常事。因为青春期单纯的审美观喜欢上的人,结婚久了才发现其实半点共同兴趣都没有。但是离婚好像也晚了些,孩子也生了,房子也买了,重头再来一次,需要莫大勇气。

人生好时光也不多,何必要花在结婚离婚让旁人看热闹上呢。然后年纪越大,越不想为对方改变自己。于是大家各自相安无事过着。

中间的十年是怎么一眨眼就过完的,蔷薇都不甚清楚,只觉得飘飘忽忽就过完了。

前不久还商量要不结婚十周年去海外寻个清净的地方,好好睡个一周,补补上班流失的元气,不耐烦每年年假都伺候一众无聊的亲戚。陈升也没有吭声,他就是这样的人,不高兴,或高兴,都不多说什么话;不说好,也不说不好,像南极的冰山一样,蔷薇付出再多的感情,他接收都存在障碍,全部原路返回,接收不到。蔷薇也为自己出奇的淡定有些震惊,大概是这些年圈子里狗血剧情看多了,觉得发生什么都平常。

本来小米可以交给实习生去接,幼儿园也不远。今日信息量有点大,蔷薇想出去透口气,亲自开车去接孩子。学校门口照例是要堵车的,蔷薇早早停了车,沿着林荫小道去幼儿园门口。

小米照例每天都叽叽喳喳说不停,非常话痨,不知随了谁。十万个为什么小姐从教室问到马路牙子上还是不肯罢休,蔷薇有些倦了,拉着她在路边长椅子上歇会儿,学校门口有绿化带改建的小公园,椅子后面刚好有棵小树,遮住灼人的阳光。小米忙着数椅子脚边的蚂蚁,总算消停了一会儿。蔷薇揉揉太阳穴,竟是生疼生疼的。

蔷薇的老父,就在两个街区以外的地方。蔷薇把小米送去那里吃饭,明天由外公负责送小米上学。下午瞥见颜小生和杨磊厮混,不知又要生出什么事端来,蔷薇得折回去把高铁广场的活儿理出来,以备他们查问,这一项还不知要忙到几点钟才能回家。

老旧的防盗门吱嘎作响地开了,房子虽旧,周边倒是很热闹的,宋国平照例看到外甥女是很开心的,因为不能常见。蔷薇也不太愿意把孩子往这里送。小米撒着欢儿就蹿上客厅沙发打滚去了。外公这里最自由,什么规矩都没有,小米一来就不肯走。

蔷薇没时间换鞋进门,就在门口站着嘱咐老父几句,不要给她吃冰的,会咳嗽;不要吃太多水果,会咳嗽;不要吃太多甜食,会咳嗽;空调不要对着她吹;睡觉穿长袖。

小米有哮喘,一不留神就发作,小时候半夜急诊是常事。陈升以前也和希里一般是空中飞人,平常也不在家,蔷薇一个人把小米弄到医院挂盐水,也是累得够呛。吃够了那苦,蔷薇就特别紧张小家伙,特意多叮嘱了两句。

正要转身的时候,厨房里的女人热情迎上来:"吃了饭再走吧,都做好了。"肥胖的身躯配一张路人甲的胖脸,头发掉了很多,头皮都能看到了,一脸油腻。蔷薇实在想不清楚老父当初看上她什么了,母亲明明像一朵花儿似的,五十多岁仍然优雅大方,总有人夸气质真好。

现在蔷薇有些明白了,只要是和妻子类型不一样的,皆有可能。男人的Y染色体上天生携带了广种薄收的基因,因为远古时期为了繁衍后代需要它呀。有几个人能敌得过天性?

那天翻地覆的五年,蔷薇也不愿意多想,只记得自己拱手把挚爱的父亲让给她的时候,心底那种空阔的悲凉,家里没有拿主意的人了,蔷薇得打理一切。不是老父那次突如其来的出走,蔷薇也不会迅速决定结婚,唯有结婚这样热闹繁华的事件,可以冲淡这种信仰崩塌的绝望感。恰好陈升及时地出现了，顺理成章结了婚。前几年并不怎么走动的，心里总是有个结，自己的父亲瞬间成了外人，想说句体己话却隔着一个旁的女人，还要提防她会不高兴，而蔷薇又不喜欢绕着弯子说话，就懒得来。

小米出生以后情况好转一些。孩子天性爱玩，那女人居然也像有几分真心对小米的样子，比陈升的父母还上心些，蔷薇也就睁一只眼闭一只眼随她去了。蔷薇一心只管疼自己的孩子，也不与他们计较那么多。人到中年，饶过别人，就是饶过自己。蔷薇站在门口，没有冷气，热汗直流，忙转身说不吃了，还有事去呢，顾自下楼去，高跟鞋在楼梯上留下一串脆响，依稀听到老父一迭声应着好的好的来了来了，听起来甚欢快。蔷薇不禁感叹世间事难预料啊，以前和母亲一起过日子，架子端老大，茶饭捧到手还各种嫌弃，现在换了个丑女人倒好了，天天捏把铲子钻厨房，忙得不亦乐乎的样子，简直不太敢相信。

蔷薇走下最后一级台阶，想起母亲来，那样隐忍勤劳文雅美丽的女子终究得不着父亲的爱，被一个五大三粗的路人甲抢了去，婚姻是个弱肉强食的世界，隐藏着人间最残忍的真相，和长得好不好看，读过多少书，会不会烧满汉全席半毛钱关系都没有。男人始终具备动物性本能，一不留神就溜走了，还能埋怨你人老珠黄埋怨得理直气壮。

蔷薇边走边给母亲发了个微信，前不久买的山参到了，要她记得收包裹。蔷薇就是这样，得打理好身边每一个人的琐碎，父亲的皮鞋，母亲的腰，小米的换季新裙子，陈升的鼻炎膏，新公司的复杂人事，乙方得寸进尺的要求，饶是这样还能记得敷面膜做瑜伽保持身材数十年不走样,年薪每年涨二十个点,也算是三头六臂了吧。

但是有什么用呢?蔷薇自嘲,你这么周到,气质高雅,貌美如花,男人还是跟俗艳的交际花一样的女人走动着,所以做贤妻良母真没有什么好出路。女人结婚这件事,全凭运气,犹如一场豪赌,胜负全看天意。唯一值得庆幸的是蔷薇所有全系自己双手赚到,没有假手他人,哪怕换掉陈升,生活水准也不会掉下去,依然可以穿高级定制的衣裳,过自己的小日子。人生如此,好像也不该太过奢求了。Whatever,不就是遭遇个渣男嘛,一辈子总要遇到一两个的,谁要你集美貌与智慧于一身了呢?那就得替别的女人分担个把渣男,这样天地能量才能守恒。蔷薇为自己的能量守恒定律几乎笑出声来。还好还好,居然还懂得讲笑话娱乐自己,情况就不算太糟糕。

从父亲家的老房子出来,沿着逼仄又脏乱的街道,蔷薇低头疾走,不防备撞上一个人,从下往上看,血红的细跟凉鞋,细细绑带蛇一般缠在雪白的脚踝上,花色热闹而俗艳的紧身连衣裙,然后是金黄的大波浪长卷发,十指上同样血红的蔻丹,修长无名指上套着心形红宝石,来不及细想,那人已经夸张地叫起来:"宋蔷薇,你是宋蔷薇吗?"

对啊,冤家路窄的邵歌卿,一脸的小雀跃。蔷薇扬扬嘴角,表示打招呼。她继续和十五年前一样自来熟地说:"你和陈升还好吧?前一阵儿我们在塞班岛遇到他了,哎呀,我们家老段还和他聊了好一会儿工程上的事情,我都等得不耐烦了。"

然后不忘扬扬手里的戒指:"我们老段刚给我买的,五克拉呢,漂亮吧!哎呀你也住这里吗?我有个亲戚在这个楼,我来瞧瞧她。

下次来我们家玩啊，我们在名爵庄园，排屋刚刚装修好的，带个大花园。"

这连珠炮似的一番话加上她一脸志得意满的样子，令蔷薇有些哭笑不得。高中时代，她追陈升而不得，从此立志要过得比陈升和蔷薇好，什么都要和她比。熙熙攘攘的同学群里日日晒着她的珠宝刷存在感。蔷薇一个同学群都没有进，有份正经忙碌工作的人都不会无聊到要去群里晒这些吧。依稀听人说过她只恋爱不结婚，专门拆人家的搭子。这次看来是找到好户头了，直接住进别墅区，蔷薇看看她的F罩杯，像两座小山似的夸张起伏着，有些想笑。

匆匆别过，楼下就是菜场，晚市开始热闹起来，此起彼伏的叫卖声，各种食物的香气氤氲在黄昏的空气里，蔷薇许久没有来菜场买过菜了，打小儿就是迷恋厨房的女子，家的灵魂地就是厨房。

小时候父母常年都在吵架，回家要先看看父母脸色是不是安详。最温馨的记忆就是有一年腊月，饭后母亲炒了瓜子，黄色的电灯光线柔柔装满小屋，一家四口围坐嗑瓜子，絮絮话着家常，蔷薇和玫瑰很少见到父母之间有这样融洽的谈话，舍不得上楼去睡觉，趴在桌子上听着听着就睡着了。也没有睡十分熟，依稀记得父亲说：蔷薇睡着了呢，别叫醒她，我抱上去吧。

父亲的肩膀、怀抱，是如此坚实温暖，蔷薇一直装作睡熟了，父亲抱着她一步一步稳稳上楼，小心把她塞进被窝里，那种温暖安全的感觉，一直伴随了她很多年，令她整个自卑敏感的青春期都有了温暖的仰仗。所以蔷薇喜欢有宽阔肩膀、健壮臂弯的男子，像二十出头有六块腹肌的陈升，可以轻松把她抱起来。

范希里的电话打断了蔷薇片刻的失神，希里告诉她，刚刚收到线报,颜默然是安德里娅的侄子,一路货色。蔷薇哑然失笑,想知道晚饭间颜小生还想演什么戏码。理理鬓角,开着车出了这条蜿蜒的满是人间烟火气的小街,直奔安缦法云而去。

安缦法云餐厅,在幽静的林子里,装修成禅意的中式风,是个闹中取静的地方,周围树木环抱,绿荫如盖,隔绝了俗世的浊气。蔷薇挑个靠窗的半包厢坐下,悠闲地呷一口茶,等颜默然来,过去的十多年是怎么过完的,有些恍惚。这个第一次恋爱就给了她不甚愉悦的感情经历的男子,到底在岁月里幻化成了什么样的人!想起二十年前的种种,真有浮生若梦的感觉。小米都马上可以初恋了呢,这时光去了哪里?竟是除了皱纹和赘肉,什么痕迹都没有留下。

白天太累,五点多钟有些困意,蔷薇歪在沙发扶手上打个盹儿。恍惚间,梦见了牛仔裤白体恤的陈升,在操场活力四射地打球,星夜骑单车来赴约,蔷薇在后座唱着羽泉的《最美》,每次分离都是在一旁沉默不语地目送蔷薇上车。

镜头一个个切换着,像在看一场别人演的电影,然后忽然画风一转,就成了每天赖在沙发上打游戏的巨婴陈升,对的,很多男人,你只有在结婚以后才能发现他是个巨婴。你怀孕的时候也不懂得照顾你,你挺着大肚子给他烧饭,他依旧无动于衷地玩着游戏;生孩子阵痛来袭,他在边上问完一声"很痛吗?"就呼呼大睡;月子里,晚上起来喂一次奶粉就抱怨第二天上班要起不来了,问你为什么要喊他起来;生完孩子,你腰椎间盘不好,绑着护腰拖地,他也是不闻不问,面不改色地在客厅嗑完瓜子留一堆壳给你扫,然后换一个地方继续制造垃圾。

他的世界十分单纯,就是钱和游戏,无聊的搞笑视频和段子,能让他笑得前仰后合止不住,倒也算是心无旁骛了,几十年如一日。当然也维持几十年如一日的沉默寡言,你永远不知道他在想什么,很难有超过三句的对白,陈升最擅长的就是把天聊死。

蔷薇也不知道自己是怎么稀里糊涂变成老妈子的,就是当初宠爱太过,太喜欢安置好一切了。他被从妈妈手里转到蔷薇手里,继续做着巨婴而觉得天经地义。蔷薇是从什么时候开始,放弃等待他长大的呢?大概是有一次,蔷薇新到一个单位,那里工作强度实在太大了,要他送小米去上学吧,他说孩子他会管,大不了不上班了,天天管孩子好了,再丢下一句:又不是我要你到那么辛苦的地方去的。

蔷薇的心瞬间跌落至冰点,这就是青春期可怕的审美观的后遗症,只是因为他笑得单纯、无邪、羞涩就爱上了他,然后蔷薇成了母亲,恨不能长出三头六臂来打点一切,而他拒绝长大、担当,继续做他的巨婴。而你居然不能奢望他长大,因为很多人都说,大家都是这么过来的,他会赚钱,天天待在家里,也没找别的女人,你还想怎么样?

一声很轻的口哨声,把蔷薇从浅浅的梦境里拉回来。颜默然坐在对面,金丝边眼镜反射着细碎的微光,还是那样笃定的笑,在问:吃点什么?蔷薇睡眼惺忪地打量着面前这个人,岁月没有放过谁,再好的皮相也会败给时间,细看看也就是那样子了。

"随便吃几片叶子就好。"

颜默然回头在服务生那厢耳语了数声,"90后"服务生出去了,留下一屋子的静默的呼吸。

"这些年,过得还好吗?"颜默然率先打破沉默。

"还行吧。"蔷薇玩着餐前酒的小杯子里的水,有些心不在焉。

"你手上那个高铁项目,今天彭总找我谈过了,希望你能移交出来,由我负责。你也知道,乙方一直对你有意见,投诉了好几次,我也是为你着想,干我们这行,要掉进去也容易,被人捏住什么把柄也容易。"颜默然面不改色。

蔷薇心想:真是恬不知耻,一来就想拿走我手上最大的项目,还这样毫不客气。嘴上却大方地说:"也行,我正愁乙方甲方都难缠,不是十分愿意跟呢。"

正在想下一个话题的当口儿,服务生及时地上菜了,蔷薇对着好吃的食物马上满血复活。颜默然有些不可思议地看着她:你这么能吃,还这么瘦?

蔷薇但笑不语,闷头大吃,吃完最后一道甜品,才抬头说再见。这样的人,最好是再也不见。那么有什么办法才能再也不见呢?蔷薇发动车子,给希里打电话,让她找甲方的余总,平时蔷薇也不肯动用希里的人脉,能不麻烦人就不要麻烦人。现在看来,再不出手就要出局了。蔷薇早已不是当初那个懦弱的蔷薇,她自有保护自己的铜墙铁壁。

希里和余总是忘年交,这个项目就是希里介绍过来的,当然没有旁人知道这段缘由,只以为她区区一个第三方咨询师,是随时可以换人的。当初接手的时候杨磊就一万个不情愿,要用自己的人,在工作中也有各种刁难,蔷薇都忍了。这会子瞧着,退一步不是海阔天空,而是万丈悬崖呢。这件事情只有甲方出面,才能保证蔷薇继续坐在项目经理的位子上。

希里光速回复："已把杨磊和颜默然见面的事情告诉了余总，他自会裁夺，你晚上发个邮件把工程进度和主要矛盾理一下，他会更有数些。"最后不忘记问一声："你还好吧，要不出去喝个酒啊？"

蔷薇也是真乏了，回复说不去了，早些回家休息。回到家，已是七点多，开了电脑给余总写邮件，是非成败，就看明天早上安德里娅的面孔是什么颜色了。生而为人，每天都要面临无数两难抉择。蔷薇素来是不肯背后使绊子的人，这一次也是没有办法了。所以说，油腻的中年人，全是因为想要的东西太多，才会内分泌失调的吧。

九点十分，蔷薇关灯睡觉前，发现床头灯光下有只丝绒的小盒子，打开来看，五克拉的红宝石戒指底下压着小卡片，写着："陈太太锡婚快乐，在塞班等你！"想起这一日浮生，蔷薇对着这枚红宝石戒指号啕大哭起来：巨婴懂得买戒指了，而自己居然不开心。到底是想闹什么呢？

哭完，睡觉，明天又是新的一天，充满变数，荆棘陷阱，背叛或欺骗，但那又怎么样呢？睡一觉，养足力气，仍可继续生活下去的，像不小心弄丢了白瑞德的郝思嘉，哭完总是安慰自己，不要紧，明天又是新的一天，明天一定会好的。这长长的一天在蔷薇匀净的呼吸声中结束。

完稿于 2017 年 11 月 5 日 15 时 04 分

于杭州文海

试

苏州平江路上沿河的老房子，里面装修十分考究，博古架上闲搁着各种小配饰：窄小的翡翠镯子、细颗粒的南红手串、鸡油黄的蜜蜡锁骨链、长长绿松链子下面系着的无事牌。香炉里点着沉香，香味袅袅升腾着，颇有种穿越感；中式亚麻质感的暖色系墙纸在忽而暴热的闷热晚春有些不合时宜；四边顶上的射灯白天也开着，照亮底下的霓裳，显得下面挂着的衣裳十分金贵，值得起吊牌上的价钱；能把脸庞线条照得很柔美的灯光加上显得身材颀长的魔镜，会使人生出此处一日世上千年的幻觉，好像来此处的女子，皆不食五谷，餐风饮露而生。

不合时宜的当然不止墙纸，还有林照岚身上一圈圈多余的脂肪。北方人路过苏州这座千年古城，一定会为这里氤氲着晨烟暮霭的江南春色驻足。沈世安来看望年轻时候的战友，在这里停留两天。平江路一如我国其他的古镇老街，游人如织，连锁店卖各种不好吃的苏州特产，除了嘈杂的音乐和叫卖声、各种丝绸和油纸伞、廉价的小饰品，以及粗制滥造的仅供拍照用的汉服，几乎没有什么可看之处，去过一个古镇，相当于去过了所有的古镇古街。

　　但是苏州到底是苏州,现代化的东西这样侵蚀着老街,老街仍保留着青瓦白墙绿苍苔,一枝红杏出墙来的江南气质,几千年的文化底蕴沉淀于此,糯糯的吴侬软语散落在雨后江南的水汽里,便是嘈杂的古街,也多了一分婉约与诗情。这家香漫便如江南的闺秀,不显山露水,隐身于繁华闹市之后,像苏州人园子里的名贵兰花,虽花开得不多,却朵朵精致名贵有来头。

　　战友的小女儿暮云与店长雪琴经年交好,便推荐沈世安带着夫人来此处看看,于是一行人就来了。店址比较隐秘,只有熟客才找得到,说是高级定制店,但是衣服标准尺码,还是给婷婷袅袅一把小腰的女人们准备的。这原本是个瘦子的世界。再好看的衣裳若罩着一身肥肉,多少差点儿意思。林照岚嘟着嘴,挑半天,找不到一件能绷上身的。一屋子夏装,都是薄脆娇贵的真丝,略不当心就会开线。世间好物,皆不坚牢。

　　林照岚当时便心浮气躁起来,眉心开始沁出汗珠子。店长雪琴软言软语地安抚她的烦躁:"看中款式面料,可以按身量定做的。"

　　店里人来人往,熟客不需要招呼,一眼就晓得哪几件是刚上的新款,各自挑衣服试穿起来。镜子前面总有各色妖娆女子闪过。这试衣间,真像女人的角斗场。宛若花丛中穿梭的蝴蝶一般的女人们,妆容精致,翩跹羽衣,婷婷袅袅,千娇百媚。林照岚觉得自己像错进了盘丝洞的村姑,有些惶惶然不知所措。

　　更年期过完,时光像长了翅膀自顾自飞去,林照岚腰腹之间的赘肉也像气球一样,年年长,完全失控,都不怎么吃肉吃饭,眨眼的工夫又多了一堆白肉。龙应台说过老去是一个腐败的过程,怎么处理这个腐败,是很考验人的。林照岚又不愿意运动,只能徒然地摸着多余的肉儿安慰自己冬天可以御寒。人一胖起来,便特别爱出汗,才二十几分钟,额头已经擦了几遍了。

只有林照岚是生客,但是暮云带来的,雪琴也不怠慢她,一件件耐心推荐给她,在身上比来比去。女人穿漂亮衣裳真是要趁早啊,等你先失去了一尺八腰身,再失去油亮乌发,最后失去明媚的五官,视物茫茫,鸡皮鹤发,那时候穿什么区别都不大了。

镜子拢共两面,林照岚望着镜中一米五的自己,体重却有一百三十五斤,不敢相信自己年轻时也像暮云那样瘦过。那时她一百斤不到,小腰只有一尺九,穿件那时流行的碎花连衣裙,配小圆脸,以及清水挂面似的童花头,站在沈世安身边也是很登对的,一副小鸟依人的样子,人见人爱。

衣服挑了十几件,没有一件花色是满意的。颜色太明艳的显得脸色憔悴,颜色黯淡的越发显得脸色灰败,林照岚有点不耐烦起来,全身都是汗,可是这四月天气也没有热到需要开空调。两个店员都忙得脚不沾地,忘记给她倒杯水来。暮云从众多细腰身裙子里面寻出一件宽大的来,紫色拼接白底黑波点,袖口还有跳跃的橙和绿,宽大程度只怕临产的孕妇也穿得下。

林照岚看了连连摆手道:"不行不行,这个料子这么软塌塌,越发显得我溜肩膀,没有腰,像只水桶。"暮云只说去试试,衣裳是要试的,不试看不出效果来。

沈世安也说:"我看这个花色就很好,咱们去海南,海滩上全是穿大花被面的东北老太太,这个衣服凉快不说,颜色也蛮好,穿上一定不错。"沈世安都这样说了,林照岚少不得得去试一下。宽宽大大的款式,果然很能藏肉,一出来大家都说好,很合适,又凉快又雅致。

沈世安说:外面披件风衣,春夏秋天都能穿。照这个款式多做几件呗。此话一出,旁边的女人们齐刷刷都往这位店里唯一的男士看来,谁家的老头子这么阔气?她家衣裳也就比香奈儿便宜一点点,转而看到矮冬瓜似的林照岚,艳羡中还带着三分不屑和嫉妒。

林照岚却不能接受镜子里面毫无曲线的自己,这宽袍大袖的款式把她衬得越发矮胖,开始各种嫌弃起来:袖子太长,裙子也太长,裙子得剪短一截儿才行,这种长度显得矮。雪琴依旧款款说着:"这个款式剪短了不好看,刚好露出小腿最胖的部分,这个长度是刚刚好的。"

沈世安也说:"长一点好了,北京早晚凉,短装容易感冒。"

林照岚继续挑刺:"哎呀,肩膀这个地方也不行,得装个小垫肩,才能显得肩膀不往下溜。"虽然全身上下所有脂肪都已经接受地心引力往下溜了,她还是不甘心地一遍遍抚过肩膀上去。

雪琴继续解释:"真丝面料很薄,装垫肩会很不自然,垫肩一般装在外套上的,你再考虑一下,真的需要,我们可以试试,不能保证效果。"

林照岚说:"哎呀,这个袖子也不行,太长了,得剪掉一截儿去,这么长很热的呀。"

雪琴接上话茬儿说:"袖子部分有拼接色,是这件衣服充满设计感的地方,如果剪成短袖那就失去很多的美感,这块面料也就很普通了。你瞧,这个紫色如果没有橙和绿撞一下,会很普通很沉闷,小面积撞一下颜色就令人眼前一亮了。"

暮云亦说,这件衣服的亮点就在袖子上,剪掉了怪可惜的。心内却在喊苦:不该接了这个陪逛街的差事,以为老太太不过随便穿一身走便罢了,谁知道她这样全无审美,又诸多要求,不晓得是跟衣裳过不去,还是跟自己过不去。

林照岚继续坚持:"袖口装个抽绳,想短的时候抽上去就好了,这里必须这样弄,袖子太长了没法穿嘛。"

说着回试衣间去换下一件。衣帽间的丝绒沙发对面也装了一面落地镜,林照岚不敢看镜子里身材完全走样的自己。背对着镜子,把衣裳脱下来,换上一件亚麻质地的长衬衫,这也是暮云挑的,盘花布扣子中间嵌了一颗南红珠扣,别致得很,同样是宽松到藏好所有赘肉的款式。她对着镜中的自己,感到汗流浃背的热,这四月天的热不知道从何而来。

就在林照岚进试衣间的当口儿,进来一位中年女子,保养得宜的白皮肤,挺拔如芭蕾舞演员的体态,大波浪卷发刚到肩膀,每一卷都演绎着纹丝不乱的优美,极简款式的小黑裙,除了脖子上大颗白色的塔珠链子,没有其他多余的配饰,也有鱼尾纹和法令纹,但是整个人精神得仍然闪闪发光。

她娴熟地走到黑白色系那一栏衣裳里去,拎出两条裙子来,去试衣间。暮云认得她,点头当作打招呼。她是暮云爸爸朋友的妻子王娇娜,五十五岁了,看上去比实际年纪小十几岁。她素来只挑最简单的款式和最舒服的面料,闲闲穿将起来,有种怡然自得的优雅气场。

听说她前不久毫无征兆地离婚了,不知怎的,好像也没有受什么打击,只是比之前更好看了,举止之间颇神似陈冲。世间的事就是这样奇妙，有人越活越回去，最后退回到毫无主见却又跟一切人过不去的广场舞大妈；有人越活越仙气，天雷地火，山崩地裂，都不能减去她的光华，皱纹都像是上帝美好的恩赏，举手投足之间，七彩云霞都会为她开路。

正是中午最困乏的时候，沈世安打着瞌睡，午睡时间陪老婆逛街，倒也是第一次。年纪大了养生第一，午睡是雷打不动的铁律。换作以前，他是不耐烦陪老太太出来瞎逛的。生物钟结结实实地敲打着眼皮，他架不住了，闭着眼睛养神。耳边犹自响着林照岚的唠叨："反正要依我的，我说要装抽绳就要装。"

依稀回到了二十来岁的绿色营地里，王娇娜是文艺兵，一身宽大的绿军装也能穿得婀娜多姿，当年是所有小兵心里的女神。她留两条大辫子，额头总有密密卷卷的碎发，大眼睛扑闪闪像只小鹿。沈世安为了这个美丽的影子，辗转反侧很多年。总记得她在台上演喜儿，一身小红袄儿的娇俏，有一年露天舞台上真的下起漫天风雪，那双顾盼生姿的妙目配上漫天风雪，令人永生难忘。沈世安已经好久好久没有梦见过这个场景了，有点茫然失措，不记得自己到底身在何处，今夕何夕。

正梦酣之际，林照岚锐利如刀片的声音又划破了片刻的安宁，三十年来，这声音无时无刻不在耳畔回响。从他第一次走进林家，到他做林家女婿，再到他接过老丈人的产业，她无时无刻不在用高分贝的声音提醒自己的存在。这个声音贯穿了三十年的婚姻生活，像背景音乐一样每天准时响起，不停提醒沈世安前半生是靠岳父母家上位的，不然他还不知道是窝在哪个角落的穷小子呢。

"这衣裳也还是太大了，能改小点儿不？还有这料子不够好呀,穿在身上扎人哪。"

雪琴解释说:"这块亚麻料子有点硬,才能衬得起这个款式,显得挺括,不然衣裳的型就塌了,用再细一点的麻料,形状没有这样好。洗过几次就会好的,就不扎人了。"

林照岚继续嘟嘟嘴:"那你得给我个准数儿,到底洗几次才不扎人哪。"

暮云过来解围:"款式是真好,这个红色也衬得皮肤白净,纽扣也很别致。"

林照岚仍就不满意地嘟囔着,这跟个球似的还好看啊,就不能收点腰嘛。正说话间,有腰的王娇娜站到对面镜子前,完美的背影投在这一边的镜子上。林照岚还想说什么,沈世安睁开眼睛了:"这件挺好的,不要改了,直接买走吧。颜色也挺好的,把你的短处都藏起来了。"他猛然间瞥见镜子里那个背影,不禁收声,有些疑惑自己还在梦里,近来眼睛不行了,看东西模模糊糊的,沈世安揉揉眼睛,再看,那镜子里的人已经不见了。他于是相信自己是眼花了。

林照岚这才不说什么,不过放下这一件,仍就赌气一般地说:"我要自己挑块花布,做衬衫穿。反正衬衫都是要穿的。"于是满屋子寻索着找样衣往身上比去。只见她觅得了一件密密开满樱桃红小花的衬衫,领子袖口滚着极艳的梅红阔边,呼应着小花的颜色,乍看过去,春意满眼,令人炫目。穿惯了素净颜色的暮云这下不发表意见,沈世安也不说什么。林照岚拎着这件衣裳过来说:"就这个花色,给我量身做一件。"沈世安不接这个话荏儿,觉得有点口渴,便起身去店外买矿泉水去。

雪琴迟疑了一下,想起素未谋面的老板娘立下的规矩:女人腰围超过两尺四的生意可以不做,会影响衣裳的着装效果。但是中国人规定执行起来总有弹性。暮云是自己的好朋友,她带来的人,总不能说不做吧,雪琴这样想着,还是吩咐人去库房确认有没有面料可以裁下去。没多久,库房回话:最后一件被上海的路小姐定了,今儿就要来拿衣服,哦,就是老太太手上那一件,库房暂时没有一样的料子。

这一声老太太可惹恼了林照岚,她马上不高兴了:我就看上这件儿了,你又说没料子,你再给我找供货商,一定要给我找到这块面料出来。

雪琴答应着,要人给供货商打电话去。话音刚落,那边的王娇娜拎着林照岚丢在一边的赭红衬衫,说:替我裁一件白色麻料的吧。说话间又去换了一件圆领长长白T恤,下摆斜曳到右边小腿肚子,左边前襟刚好到腰上松松绾个结,配上藏青提花丝麻料子的宽腿裤,往镜子前一站,俨然是个璧人。

恰好这个当口儿,沈世安回来了,隔着玻璃门,看到了镜子中那无数次在梦中出现的脸,青春不再,婴儿肥褪尽,碧清的妙目依然婉转流盼着光辉,他有点怔怔的,在门口犹豫着,要不要进门。

这个在商场叱咤风云几十年的男人,在青春期恋人的光华炫目之下,忽然胆怯了,原来这世间,真的有人在五十五岁的时候活成了陈冲,她怎么像吃了仙丹一样,全身上下一丝儿赘肉都没有?只听得王娇娜说:这一身也要了,还有那件烟灰底子孔雀蓝小花的织锦缎子汉服,替我做条藏青亚麻阔脚裤配着吧。

雪琴应着,要助手记下来。王娇娜说完径直去了试衣间,换下衣裳来,目不斜视地出门去了。沈世安不由自主往树后藏身,目送她坐进车里。这身形气质,居然丝毫无改,更胜从前。时光为什么如此厚待她?

沈世安摸摸自己头顶所剩不多的白发,耷拉的眼角,深长的法令纹,庆幸自己躲得快,没有被她瞧见。此时此刻,心中滋味,竟不知如何描述,美人迟暮依旧是美人,再看自己聒噪的老妻,几十年来不遗余力地长胖,钱也堆不出她的品位和气质来,永远能在衣裳店挑出最贵最丑的衣裳来。有钱做靠山,她自然永远不必长大,林家的股份一大半儿在她名下,沈世安不禁想到自己给老婆打了一辈子的工。

王娇娜的美加上初恋光环,令沈世安不敢直视。不知道占旭涛给她吃了什么仙丹,怎么就没有老态呢?沈世安在这一头唏嘘,不敢想如果时光倒流,自己会不会做同样的决定?或者还是一样的。年轻的时候除了时间,一无所有。没有林家,他要一文不名地活多少年啊。沈世安背靠着树,有些精力不济,越发困了,想睡个午觉,便折回去寻到不远处的车,打算歪一会儿。

这三十年搏杀的路走来,沈世安发现王娇娜一直是自己心底最柔软不可触碰的部分。等有了很多很多钱,他才发现年少时被自己辜负的人,从未离开心头,她一直婷婷在那里,每个画面都令人难忘。而钱终究没有什么用,不能令他回到青春时代,得偿夙愿。越是难忘,越要补偿,沈世安当然有过很多很多女人,找女士的唯一标准便是要有王娇娜这样的皮相。然而世间事终无圆满,好看的皮囊遍地都是,高贵有趣的灵魂却遍寻不着,大概是作为惩罚,像王娇娜这般会跳芭蕾又读加缪还能辅佐占旭涛攻城略地的女子,沈世安余生都没有再遇上。身边的莺莺燕燕一直不缺,他也很清楚,女人们要的不过是钱,而他恰好有很多钱。

这般跌进了往事,沈世安心念一转,给上海的路菲霖打电话,说自己晚上要过去。菲霖是最像王娇娜的那一个,因而也最得宠,甚至还有些才干,替他打理着上海那间投资公司。他们的关系隐藏得很好,不为人知,沈世安的完美丈夫人设是不容置疑的,坊间无人知道菲霖是他在上海的外室,只以为这女人精明强干,升得很快。大隐隐于市,沈世安深得其道。近年来沈世安都退居幕后指挥一下儿子,自己轻易也不露脸了,想要退休。

王娇娜的车停在店门口唯一稀缺的停车位上,她从反光镜里清楚看到从树后探出头来颇有些失神的沈世安,取出墨镜戴上,发动车子呼啸而去。我们无从知晓,这一眼回望中,有多少交错复杂的滋味涌起,有多少纠结痴缠的往事纷至沓来,只看到王娇娜的烈焰红尘妆容一丝儿没坏,车子绝尘而去,引擎轰鸣宣告着跑车性能不错。

看来她晚年生活还算幸福。沈世安心里叹道,过得好就好。这是世间他唯一不敢去见的人。当初的决绝,伤人至深。他太了解王娇娜了,她可以陪着他吃苦受累,但是个性中的独立与刚毅,却让她容不下他的背叛。说好的不必再见,那么就是真的不必再见了。

他不敢也不能再去相扰。而内心深处,退休旅行第一站,就选这个地图上著名的古城,并不单单是为了见战友,心底还有一丝期待。三十年前的初恋,当初那样辜负了她而去,到底心里未曾放下。万一,万中无一,或者可以在古城的老街长巷偶遇她。家族遗传的老年痴呆已经开始发威了,时常忘东忘西,跟着导航开车会忘记到底去目的地做什么。在自己完全失忆之前,他想再见一次王娇娜,老年的王娇娜,满足自己对她三十年来不间断的想象,也看到岁月到底把她变成了什么样的人,对于得不到的初恋,他永远满怀好奇心。

暗恋明恋那么多年,要说忘怀,似乎是奢望。三十年过去了,还可以从背影猜到面孔,从步态闻出骄傲,既然如此,不如不要费力去遗忘了。留在心底的遗憾,也是感觉仍敏锐的证明。当初主动选择辜负她的是沈世安自己。穷苦出身的他在军营锻炼多年,刚毅中有一种冷酷,哪怕对最喜欢的女人,也很少愿意袒露心声。

当年王娇娜只等他求婚,谁知道他转身娶了不过中人之姿远不及她的林照岚。背后的原委,王娇娜要经外人提醒才知道,原来自己深爱的这个男人,视为生命般重要的男人,内心深处的现实和冷酷甚于任何人。他毫不犹豫选有背景的林照岚,以方便他一路青云直上。

青春多好,伤得再深,交付给时间,一定能治愈,王娇娜拿出跳芭蕾舞练就的韧性,来应对生活给予的意外礼物。把伤心转化成压腿下腰时筋脉撕扯的疼痛,拿出踮起脚尖儿跳《天鹅湖》的优雅来挺直腰背,头也不回朝前走去。现在回想,她火速结婚,也有赌气的成分。可是她天生的坚韧不拔,不仅成就了丈夫的事业,还数十年如一日地自律,儿子出生了,忙得分身乏术,还要在喂奶的间隙把腿扳过头顶。她的气场是日复一日的苛刻自律得来的。数十年一路协助占旭涛在商场厮杀,她会识人、用人,也懂得适时退让把光环交给丈夫,说半壁江山是她的一点不过分。

但是一个男人，终究是一个男人。某次在办公室撞见占老先生的手放在不该放的地方，王娇娜说："我们散了吧，我也累了。"占旭涛还振振有词："我不过犯了一个所有男人都会犯的错误而已"，内心担心的却是离婚会危及公司股价。王娇娜从不对外公布离婚的真正缘由，如果有什么事情是可以检验一个人的终极修养的，那一定非离婚莫属。

正因为如此，她才会如此轻巧路过沈世安，当他是空气，旁若无人地走过，那家店本是她闲来无事开来做消遣用的，挂名老板写着儿子占啸天，店员并不知道真正的老板娘刚刚从这儿拎回三套衣裳。

两任负心人教会她的是，无论何时，要善待自己，要知道自己是谁，要什么，再去取到。一如她几十年如一日对身材的自律，穿标准中码。既然是负心人，那么哭三天表示自己还有感情，第四天就该照常过日子。人生美好，不要浪费在不值得的人身上。

王娇娜前脚刚走，后脚就来了路菲霖。

眼神不济的人，一定会误以为路菲霖就是刚刚出门的王娇娜又回来了。一般的身量，一般的皎洁肤色，一般的桀骜丹凤眼与齐肩卷发，唯一不同的是她还年轻，天然苹果肌昭告着活力，神色中有一种掩饰不了的优越感，眼线勾得要飞上天际。

身后跟着比她年轻五六岁的男子，替她拎着包。服务小姐迎上去说，路小姐："你的衣裳在这里，刚做好拿过来的。"路菲霖径自一阵儿风似的进试衣间里去，不多一会儿就出来了，当然是非常合适的，这娇艳的颜色只衬得她面如秋月、色如春花。上帝造人的时候，肯定对她特别偏心些吧。

那厢林照岚也穿着一件暮云推荐的黑色真丝飘带衬衫要走出来，只因后面拉不上拉链，唤暮云进去拉。此刻两人双双走到镜子前面，背对着背，都可以从自己的镜子中看到对方的背影。连林照岚这样聒噪的人，也被这个背影优美的线条纳罕着了，还有那自己一见钟情的花色和款式穿在人家身上就那样妥帖，看看镜子里老态毕现的自己，林照岚有些沮丧。

暮云前去帮她整理衣襟和飘带，亦从镜子里认出了那一侧端坐着的他——前不久攀高枝儿去的赵景仁，那个满世界找投资人的创业青年，终于如愿以偿跟投资人二十四小时黏在一起了。不由得感叹世界真小，怎么样都可以碰上。不是说在上海吗？居然在女人的衣裳店里碰上面。

他背对着暮云，显然没有机会发现自己已经落入前女友的视线范围，只把一腔深情倾注在路菲霖身上，不住地点头，夸赞着：真美呀菲霖，女神范儿呀姐姐。暮云觉得有些刺耳，没想到沉默寡言的人说起谄媚的话来也专业对路，真是活久才能见，以前只是一个一天到晚金口难开，闷头对着电脑加班的人，好像除了拯救世界，没有什么可以令他开怀大笑的。是他什么时候转了性，还是暮云真的从来没有了解过他呢？

姐姐，姐姐，叫得这样亲热，声音毫无二致，是他没错了，暮云没来由地起了一阵鸡皮疙瘩。店里的镜子吸取了太多漂亮女人的精魂，好似有些魔力，暮云好像可以看到他眼角蔓延的细纹、发亮的眼神，听到他咚咚的心跳和血液里蠢蠢欲动的荷尔蒙。除了对钱的真爱，还有什么可以解释这种化学变化呢？

路菲霖对着镜子摆着pose，要他拍下照片，长眉入鬓，笑得真叫千娇百媚。赵景仁挽起她的手,替她掖了掖鬓角飞出来的发卷,说:"时间不早了,我们约了人谈合同呢。"菲霖仍是娇媚地笑道:"让他们等我一会儿又怎么了,我还没逛够呢。"

拍完照,路菲霖仍嫌不过瘾,又熟门熟路地拎起三五件衣裳要店员包起来,其中也包括林照岚试过的那件宽大的细亚麻料子的用南红珠子做纽扣的衬衫,嘴里还说着:"最近新款不多哎,都入夏了,还放这么多长袖,你们总是这么慢吞吞的。"

雪琴上前解释道:"这件刚刚沈太太试过了,我得先问问她,她若是喜欢这一件,我们就替你另外裁一件吧。"

路菲霖可不是宽容大度的角色:"我大老远从上海赶了来买衣裳的,你再替沈太太裁一件别的不行吗?"

雪琴面有难色:"沈太太是从北京飞过来的……"

暮云背对着镜子,只觉得有点乱。该如何转身面对前男友和他跋扈的金主女友? 暮云不愿意蹚这浑水,低头去摸手上的紫檀串珠。林照岚仍在试衣间换下一件,没听见。

菲霖继续发难:"沈太太在哪里啊,我自己同她说去。不就是件衣裳吗?"

林照岚换上一件天青色烟雨晕染的中式宽袍子出来了:谁叫我呀?

菲霖不客气地说:"您是沈太太吧? 我跟您商量个事儿,我从上海赶过来开会的,时间很紧,就看上这一件衣裳了,您若是也喜欢,要他们替你做件新的出来,这件我先拿走,您看成不成?"

林照岚马上拿出上市公司总裁夫人的排场:"满屋子的衣裳,也就是这件我穿着很称心,世安,你说是不是呀?"

听到世安这个名字，菲霖的跋扈忽然收敛了一些，不再接话茬儿。

只见沈世安推门进来，保持着一贯的外交官式的微笑：我们行程很满，你把能穿的都带走吧，下一次来苏州，不知道什么时候呢。说罢目光扫向路菲霖。路菲霖马上噤声。

赵景仁焦急地看看手表：王总李总日程也很满，我们约了一个月才成行的。先去开会吧，祖宗。说罢想去揽起她的细腰，架着她往大门走去，路菲霖却甩开他的手臂，一言不发地去了。

暮云把这一切收在眼中，有些疑惑，那么嚣张的人，怎么忽然换了画风？只听到沈世安在那边催林照岚："赶紧回去吧。"

暮云遵照父亲的嘱咐，要替林照岚埋单，卡片都递过去了，林照岚一把抢下来说："这不行，都劳烦你带我们看衣服了，没有你付账的理儿。你要这么着，下次我就不来了。"

暮云只好把卡片收回来，无意间瞥见粗心店员还没来得及把刚才的单子收起来夹好，下面的签名是沈世安。刚才刷卡的是路小姐，这个签名大概告诉了暮云，沈世安的脸色为什么不太好看了。

暮云也不多猜，都是别人的家事，知道太多是祸不是福。像沈世安这样的身家，多几个女人不稀奇。从古到今不都这样嘛，连赵景仁这样的都妄想东西两宫呢，想暮云替他持家生孩子，金主负责出钱发展事业。

暮云与雪琴交好多年，到这里跟回自己家一样，便替雪琴收拾林照岚换下的一堆衣衫。许是满腹心事，走到了路菲霖刚刚换衣裳的那一间，地上掉落着一张小小名片，抬头便是沈世安集团的名称,一个上海分号的小总管,没有人撑腰,恐怕买不起这里动辄五位数的衣裳。

暮云心里叹道:上帝多么公平,你背叛人的时候,同时也遭人背叛。如此想着,便觉得门外对这一切毫不知情的林照岚最幸福,活成了人间喜得圆满的典范:退休了,老伴儿陪着环游世界,陪着来买衣裳,还那么大方,十件八件价钱都不瞧一眼就打包回去。这试衣间,何尝不是人间的角斗场,什么人都能遇到。

暮云一件一件收拾着衣裳,处女座的强迫症忽然发作了,一件件务必拉得没有褶皱,扣子全部扣上,飘带打好一气呵成的蝴蝶结,手脚没停,希望脑子能停一停,却不能如愿。到底没有炼成铜墙铁壁,她怎么也没想到,这个熬过了异地恋长跑的男人,曾经以为是会一生相守的男人,甚至连孩子名字都取好了的男人,会有一天毫无预警地跟投资人名为出差实为度假,度到乐不思蜀。暮云在发现真相如此不堪的那一刻,也把家传的隐忍和激烈做到了极致,连多看一眼都没有,把他的东西打包丢到门外,删掉所有通信方式,包括社交软件,死生不复相见最好。

然而世界总是这样小,狭路相逢总是这样猝不及防地发生着。他的女金主,是沈世安的小女友,这亲亲热热揽着腰的情形还被沈世安撞破在门口。那么老狐狸沈世安接下去会干什么?暮云想不出来。六十六岁老狐狸的心,揣测不了,只觉得这半天真的信息量太大,需要回家,开启空调,好好睡个醉酒般沉实的午觉。一觉醒来,又是新的一天。该过去的,总会过去。暮云忽然想起王娇娜,她是怎样活得这样出离了尘世,仙气飘飘,却又掌管了集团的半壁江山呢?

　　暮云从试衣间出去，挽起手袋，准备出门，却听见沈世安说：暮云啊，你在苏州陪你林姨再逛两天，看上什么就买，叔叔埋单。我临时要去上海处理一点公务，你照顾好你林姨。说完就打电话叫司机开车走了，留下林照岚连说反对的时间都没有，人影子已经不见了。暮云多少知道些内情，也大概知道他去上海处理什么公务，便满口应着，带着林照岚走了。

　　临出门，林照岚又折回来嘱咐雪琴：那块樱桃小花的料子，你一定要替我找来，我要做一件衬衫。找到了给我打电话。雪琴应着："好好好，您慢走……"

　　正是全城睡午觉的时间，街面上终于没有那么多人了，雪琴揉揉太阳穴暴起的青筋，开始整理上午的账目，嘱咐店员把要修改的衣裳挑出来，送回车间去。她翻出刚刚离开的两位大主顾的明细，准备记账，发现同一个签名：沈世安。在外面久了，什么样的人都能见着，年轻貌美如路菲霖这等人，无限额信用卡刷的肯定不是自己那一张，雪琴收起来，想起刚才路菲霖匆匆退场的样子，有些想笑：美色和金钱是最好的试金石，赵景仁这样闷声不响的人，忽然有一天搭上了路菲霖，以为可以少奋斗十年就功成名就了，怎知道他们上的都是沈世安这条船呢。

　　路菲霖每次来，都这样自说自话搅得别的客人不舒服，别人手里的她全要。雪琴一看到她来便心下着慌，要调停女人们争衣裳，那可不比分配地球石油资源更简单。今儿她算是遇到克星了。

　　陌生的手机铃声响起，雪琴四下望望，发现来电显示是沈世安，便以为是林照岚的手机落在店里了，来不及细想就接了，那边幽幽响起沈世安的声音：菲霖哪，签完合同马上回上海。我让小赵帮你搬个家,房子我已经卖了,上海分公司由副总接手,你趁年轻找个人嫁了吧。这种旧社会给通房大丫头配小厮的语气,将雪琴吓得忙喊停:不好意思,路小姐刚把手机落在我们店里……话还没说完,那头已经挂了。看来路小姐得有一阵子来不了店里了。

雪琴拨通暮云的电话:喂,晚上出去兜个风如何? 今天我不值班呢……

电话那头传来暮云懒洋洋的声音:好呀,老地方见。

苏州平江路上试衣间盘桓的一日,便这样过去了。

2019 年 4 月 25 日起于云庐
6 月 7 日完工于云庐

兰贞

　　周庄人取草名(绰号)是很有点幽默感的,比如这个焦大,人家叫他鸡舍菩萨。鸡舍在乡下是极脏的地方,鸡屎遍地,没处落脚,臭气熏天的。这鸡舍形容的乃是焦大的相貌,眼睛只剩一条细缝,两条倒挂的眉毛,歪脖驼背,一身焦黑的皮厚实得连蚊子都要铩羽而归。身上的衣服没有一天不皱得似一团分不清颜色的旧抹布,就是簇新的衣服穿上身,也没个棱角,一天不到就像别人穿了几十年一样。焦大虽然是个党员,骂起娘来厉害得很,连村里最泼辣的婆娘也不是他对手,脾气古怪乖张,故此他长得虽不体面,又穷,乡人倒也不敢十分得罪了他。乡人敬畏一切菩萨,所以鸡舍菩萨的绰号由此而来。当然乡人也只是背后这么叫叫的,当了面还是要小心排好辈分,焦大哥哥,焦大叔叔,错不得的,乱叫是要挨骂的。

　　天刚蒙蒙亮,焦大就起来到村里溜了一圈,回来见锅灶冰冷,就在楼梯口骂将起来:你个倒灶婆娘,天都大亮了,还不爬起来烧饭,就晓得在床上死挺着。兰贞也不回嘴,一言不发起了床,听惯了他每天三顿骂,比公鸡打鸣还要准时。自顾自去烧早饭,连气都懒得和他生。他骂人和别人吃喝拉撒一样平常,谁又计较他骂什么。

焦大家只这一间又小又黑的老房子，兰贞收拾得还算干净。但是兰贞收拾大半天，焦大抬抬手马上恢复原样了。兰贞是个干净爽利人，但是偏配给了邋遢的焦大。人世间的事情，有很多都是阴差阳错得不可理喻。

兰贞在家没有活计时，便想想过去的事情。一件一件，像翻老黄历，哎，也是六十年前的黄历了。

兰贞十六岁的时候，就跟着同村的阿桂嫂去了上海。那时的人去一次上海，可是了不得的，无异于刘姥姥进大观园。满村里找一找，也没有几个人去过上海，对乡人来说去一趟县里都是天大的事。阿桂嫂年轻时就在上海有钱人家帮佣，经年不回来，偶然回乡看望垂老的老母。见兰贞家穷得没米下锅，两家又素来交好，兰贞长得好看，人也活络，阿桂嫂就领了她出来讨生活。

一九四五年的上海，虽然兵荒马乱，但是仍不失为一等的花柳繁华地、温柔富贵乡。一下火车，兰贞就被街面上的繁华景象看花了眼睛，被汽车喇叭吓得死死拽住阿桂嫂衣襟，一步也不敢多走。没过几天，阿桂嫂的姐妹就把她荐到一家理发店里打杂，生煤炉，扫地，做饭，倒痰盂，洗衣服，什么都要做的。兰贞年轻，有的是力气，只要给吃个饱饭，有张床，就很知足了。山里来的人心眼实在，做活不会偷懒，可怜的兰贞只要不饿肚子，就做得满心欢喜，像头不知疲倦的牛。

那时一般人家的头发都是交给沿街流动的剃头挑子的，到理发店里来的，多是有钱人家闲着无事的小姐太太们，一坐一下午，发型这样改那样弄地消磨时光。兰贞是个聪明女子，耳濡目染之下,也把自己收拾得清清爽爽,用上海人的话讲,就是没有了乡气。头两个月的工钱除去给家里的,她拿来给自己买了件淡蓝竹布褂子,并用几只极廉价的黑色发卡,把头发梳得一丝不乱。只是不大开口,上海人排外,所有不会说上海话的人统统是乡下人。所以兰贞一天到晚用"哎、哦、嗯"这样的词语答应人。

开门做生意,来往的人杂得很,常有白脸小开不住拿眼睛往她身上溜,好像要把她的蓝布褂子剥下来一样。所以兰贞的头都是一路低着的时候多,避免碰到那些目光。可是,躲不过的终究要来。一日店里来了个膀粗腰圆的大汉,是阿清师傅的熟客,只听大家叫他黄老板,有点脾气,店里的人都怕他三分。据说开间赌场,背地里人称黄老虎。水开了,兰贞去照看那水,半路不想被黄老虎一把抓住手臂,另一只手就揽上腰里来。兰贞走不了,羞得脸通红,急得几乎要哭,低声央求:放开手。幸好阿清师傅来打圆场:黄老板,别吓到小姑娘。黄老虎大笑,撂开手,兰贞飞也似的逃走。黄老虎犹自在那里说:这小姑娘皮子倒雪白,生得清爽相。

是夜兰贞睡得死沉,白天忙得脚不沾地,晚上连头发都未全梳通就睡着了。白天的事情也不是第一次遇到,出来讨生活的弱女子,是没有资格做贞洁烈女的,无人帮扶,忍着些才做得长久。家中老父待养,兄弟要娶亲,钱是好东西呀。就当被狗咬了一口吧,睡一觉就好了。中午去公用水龙头淘米时,常和别家的小大姐们闲聊两句,大家都夸她生得好,去做粗活是委屈了。兰贞不语,听过就算,不以为意,很认命地淘她的米。

谁知这黄老虎竟真的看上了她,三天两头上店里来寻她的事,还和老板娘商量要讨她做小。兰贞听老板娘笑吟吟说完这话,吓得手中的茶盅滚落地上。这黄老虎的暴脾气是远近闻名的，跟了这样的人，能有什么善终？兰贞虽曾为自己将来打算过，但决对不是嫁给这样的人啊。兰贞还没想好怎么应对，黄老虎暗地里就许了老板娘些钱，半夜拿着刀闯进兰贞房间，逼她从了，天亮之后，大摇大摆，扬长而去。这下店里的人都知道兰贞要嫁给黄老虎做小老婆了，指指点点的人多起来。柔弱的兰贞见事情无可挽回，生米做成了熟饭，回去也找不到好人家了，就少不得答应了。黄老虎是个赌徒脾气，合了他心意就十分大方，给她许多钱置办些衣裳。兰贞懒懒的，不十分起劲，把钱都给了兄弟，让他娶了一房媳妇，并给病中的老父抓了许多补药。

兰贞进了黄家门以后才知道东院的大娘不是个省油的灯，按规矩去过几次，兰贞低声下气的，她连个面都不见。后来听底下人说起来才知道，大娘闺名叫金花，家里也有些钱，不幸黄老虎最喜欢在外面拈花惹草，闹过几次，终究拗不过男人，就拿底下人出气，厨子、老妈子换了一拨又一拨。先前黄老虎还惧她娘家有点势力，但是她多年来未曾生养个一儿半女的，他就公开要娶兰贞了。兰贞进门前三天，金花把家里能摔的东西全摔烂，惹得黄老虎老大不高兴，他的好日子她这样来败他的兴，揪着她头发打了她一顿，她披头散发哭个半死。娘家人来理论，黄老虎只说她不能生养，令黄家后继无人，要不她回娘家去，反正他们有钱养着她，要不他讨小老婆继香火。娘家兄弟惧内，怕她真的回家去要养一辈子，不好和老婆交代，也就不敢再说什么了，嗫嚅着回去不提。金花挨打之后，倒十分安静了几天，从此不大出来见人，大约是认命了。

兰贞是做惯了事的人，一时间叫她闲下来，时间变得无比漫长,她又不识字,不能看书解闷,所有上海闲人间流行的听戏、打麻将、看电影等一干时髦玩意她一样不通。每日闷坐着也不是办法,就出去逛街,现在身边也有几个钱了,也把这花花世界看了个够,不枉来一次上海。渐渐地,兰贞忘记了这门强迫的婚姻和尴尬的身份带来的不愉快,把时间用在学习穿衣打扮上,做了几件时兴样子的衣裳,走出门去,也是时髦少奶奶一名,上海话也说得听不出乡音来。不同的是兰贞纯朴的气质未变,没有骄矜之气。她逛街研究衣料不过是为了打发时间。偶尔的偶尔,她也会想起乡下的种种:哥哥养的小猪、临走时小时玩伴春生给她的银镯子、还有过节时才吃得到的小食。然而这些终究离她越来越远,远得她终于不再想起。只有那个春生给她的细银镯子,还在箱底,她偶尔会拿出来看看。春生,也该娶了媳妇吧。传言说黄老虎又泡上百乐门的舞女了,她也不关心也不难过,不爱有不爱的好处。秋风起的时候,兰贞有了孩子,黄老虎一高兴,又给她添了两个丫头和一个会裁衣裳的老妈子。于是日间做些小孩衣服,日子倏忽就过去了。

头胎生了个儿子,黄老虎乐得无可不可的,出手豪阔,替她置了好些值钱衣服和首饰,兰贞仍是淡淡的,不以为意,常穿的还是那几件素净的。孩子周岁那天,黄老虎大宴亲朋,以示他黄家香火得继,硬叫她妆扮起来见客,惹得众宾客都在背后嘀咕:这个黄老虎真的走桃花运了,这样温柔标致的女子何处找来的?

那日兰贞的哥哥和嫂子也来吃酒。散席后兰贞留下他们说话,闲话些家乡的事情。她嫂子是个精明人,看她这样排场,就不免说起世事艰难,家里房子需要修缮,孩子上学花费多,等等。兰贞也不多话,开了箱子,给她一些私房钱和一些不穿的衣服。另有一包值钱的首饰叫哥哥收起来,为自己的日后打算。

其后三年里,兰贞又养了一个儿子、一个女儿。她把所有心思都放孩子身上,像天下所有的母亲一样。金花那边,碍着她的孩子,也不敢十分为难她。不高兴的时候,指鸡骂狗地闹一会儿也就完了。黄老虎又讨了第三个老婆,烟花女子,是个厉害角色,金花有了新对手,就把兰贞放一边了,天天去寻三姨娘的不是。黄老虎贪恋新欢,不大上她这里来,她反而落了清净,带着三个孩子过,衣食无忧,岁月静好便十分知足了,兰贞向来甚少要求。

平静日子过了三四年,北边的共产党过来了。黄老虎听闻共产党要共产共妻,吓得关了赌场,逃回乡下老家去。山里还有些田产,吃用是不愁的,希望能避过战祸。路上那三姨娘得空跑了,想来是不愿意进山去吃苦。一些金银细软在路上被强盗抢了,一群人十分落魄。到家后不久,实行土地改革,分光黄家田地,又要执行一夫一妻制,要他把兰贞送回家去。彼时孩子最大的四岁,下面两个分别两岁和半岁。兰贞舍不得孩子,苦苦哀求孩子给她带走。黄老虎如何肯依,金花也跳出来说黄家的孩子她会养。兰贞只好孤身出门。

回到家乡,物是人非,老父已经辞世。兄弟虽好,到底隔了一个精明的嫂子在里头,一起住着到底不是长久之计。兰贞便让兄弟把前些年那些寄放的首饰拿出来换些钱,置一间屋子单独住。兄弟一听面有难色支支吾吾说不成句子,兰贞就知情况不妙,嫂子更干脆,杏眼圆睁:什么值钱首饰,我怎么连影子都没见着?兰贞气得全身哆嗦,说不成话。嫂子见她这样回来,断不肯把到手的东西再拿出去的,反而赖丈夫没有给她保管,骂男人说:你还问我要,你是左手拿给我还是右手拿给我的？兰贞心里像明镜似的,可一旦说破恐怕在这家一日都不能待了。这一闹以后,兰贞在家待着就如芒在背,长一双势利眼的嫂子时不时地要指桑骂槐,那时粮食金贵,多养一口人在家的确是天大的事。

运动一场接一场地来,兰贞赌场老板小老婆的身份无人不知,在那个成分决定一切的时代,嫂子不和她划清界限,肯收留她在家,已经很好,哪里还指望听到好听的。好听的话是给得志的人准备的,落魄的人向来没有资格听。暂时没有人翻旧账来踩她一脚,也是赖父亲在世时对乡邻宽厚,没有得罪什么人。但是有这样历史的女人,谁敢来沾惹？

邻村满芹姑妈听说兰贞回家了,托人带来口信叫她去。兰贞在家也是受气,就过去小住几日。小时姑妈最疼她,这些年也没有好好去看望过老人家。姑妈是真心疼爱兰贞,一见面就问她有什么打算。兰贞叹气,一个女人,能有什么打算？姑妈劝她,还是趁年轻好好寻个人家,后半生也好有个依靠。兰贞听了这话只觉凄惶,前次不明不白地做了小老婆,已是逼不得已,今次只有比前次更糟,身无长物,没有亲人可以依傍,女人啊,遇到的不过是男人。说话间,两人来到茶山上,正是采茶时节,一起摘些茶叶卖了贴补家用。

这时来了前文的焦大,那时他三十多岁,还是个光棍,根正苗红的贫农,又刚入了党,新中国成立前他头无片瓦,新近又分了田地房子,所以春风得意地吹着口哨往这边走来。在村里焦大是个小头目,他专爱用他半通不通的一口新名词吓唬村里的地主富农们,吓唬完看他们战战兢兢的样子心里得意无比:奶奶的,老子总算有机会出这鸟气了。风水轮流转,也轮到焦大爷爷治治你们。村里一些批斗会啊喊口号啊什么的数焦大最积极,其实焦大大字不识一筐,自己名字还是在扫盲班勉强照样画葫芦记住的。却说焦大的口哨忽然停了下来,原来是看到兰贞摘茶叶的样子,下巴都要掉下来了。

焦大打光棍有些年了,以前是穷得讨不起,现在他腰杆硬起来,竟异想天开,他是革命的忠实干将,怎么着也得有个像样的老婆,于是要求也高起来。看到兰贞,无疑是蜜蜂寻到鲜花:奶奶的,这个女人长得好呀,怎么没见过? 于是就走上来,和满芹姑妈闲扯,却拿眼睛不住地溜兰贞。完了还殷勤地把姑妈的茶篓子搬回家。这两年革命闹得他胆子也大了,一路上一口一个兰贞妹妹地叫,兰贞也不搭腔。此后几天,焦大天天在茶山上等兰贞,在旁边不住口地叫兰贞妹妹兰贞妹妹,惹得旁边的人把他当笑话看,也学他口气捏着嗓子叫:兰贞妹妹,来呀来呀,家里吃茶去呀。然后一阵哄笑。焦大向来皮厚,才不管这些,仍叫他的。兰贞只好专心采茶,当没听见。女人生得略好些,走到哪里都有狂蜂浪蝶,真是罪孽。

至晚间,姑妈问兰贞,这个焦大怎么样? 兰贞不语。姑妈又说道:长得寒酸些,可好歹是个党员呢,又是贫农,跟了他,你就不用担心别人拿过去那些事情编排你了。现在不比以前,要看成分,地主家的女儿再漂亮也没有人敢要的。焦大能种地,新近又分了屋子,穷是穷一些,日子还是过得去的。我看他在村里混这么些年,虽然有些不着四六的,心眼倒还不坏。兰贞还是不响。

没几日兰贞回去了,也没有给姑妈一个答复。不多时到了自己村地界,隐约听到有人唤她:兰贞兰贞。好熟悉的声音,兰贞回头,呵,是春生,多年不见,越发的英气逼人了。他家以前也有几亩田地的,农忙时父亲常去他家帮过工。他家老爷子待兰贞极好,常给她一把炒豆子吃,那时的炒豆子可是老爷子的下酒菜,连春生都没得吃呢。兰贞止步,含笑说:"春生。"

"兰贞,你回家有些日子了吧,家里忙也没顾上看你去。"

"老爷子还好吧?"

春生脸色黯然:"他去年一病去了,受不了折腾。家里田地被分光了,他心疼啊,气郁结在心里头,就不中用了。"

兰贞不禁滚下泪来,小时老爷子老说:"兰贞,大了给我们春生做媳妇呀。"笑得那样爽朗的老爷子,说没就没了。兰贞用衣襟拭泪,春生说:你家的事我也知道一些,你嫂子的厉害在村里是有点名气的。若早几年,我或者还能帮上你,现在我们划了富农,提心吊胆过日子,走出去也比人矮一头。

兰贞道:你的心意我明白,现在你能自保已经不错了。久别重逢的他们,青春往事汹涌而来,要是兰贞当初没走,可能现在已经是春生的媳妇,是谁在暗地里把流年偷换?这哽在喉咙里的千言万语,又从何处说起呢?两人都不知说什么好,不敢怎么说话,怕惹起各自的伤心事。春生把她送到门口,也没进去坐就回去了。兰贞望着他远去的背影,挺拔,瘦削,直到看不见。多年来失去自我的生活,使得兰贞都不知道自己心底里原来还有情爱的种子,心里突突地跳得厉害,摸摸脸,竟是滚烫的。

嫂子眼尖,一眼就认出春生来,又尖着喉咙拿男人做法了:寻个什么样的不好,偏要找个腥的臭的成分不好的混小子。兰贞听了只有叹气,掩上房门,这个家真的待不得了,看来真的得有个打算才好。细想想姑妈说的话,自己现在这境况,要想找个像样的人,难上难啊。

　　过了几天兰贞去地里摘菜,看到春生等在那里,兰贞拉他到僻静点的地方说话:"春生,以后别来找我了。我这样的名声,白白拖累了你。"春生说:"你也知道的,兰贞,我要娶亲,我家先前有钱的时候就娶了。你走了这些年,我等了这些年。好不容易你回来了,见一面还是这么难。就是所有人都嫌你,我也不会嫌你的,兰贞。"乡人没有念过书,什么情啊爱啊的话不会说,这几句已经算十分大胆的表白了。兰贞叹道:你不嫌弃我,我嫌弃自己。你好好一个后生家,和我在一起,别人的唾沫星子也把你淹死了,何苦呢?何况你家现在这个样子,凡事更要小心,还是撂开手吧,春生,当我死在外头,没有回来过。

　　春生哭道:我等了盼了这么多年,就等来你这些话吗?

　　兰贞硬起心肠,说:我已有人了,前两日刚来定的。在兰贞心里,自己是无论如何配不上春生了,何况跟着他只会给他风雨飘摇的家多添是非。今日故意把话说死了,就是要春生断了这个念想。

　　春生不肯罢休,发狠说:反正我心里只有你一个。你不嫁,我不娶。

　　兰贞不禁也滚下泪来,说:"春生,你这又是何苦呢?当我死了吧,我不能拖累你呀。"她掩面逃走,不忍再看到春生绝望的眼神。

　　春生就以这样凄凉的姿势被掩埋进兰贞心底。自己是一个失足过的人,不如早早寻一户人家,不论好坏,能过日子就成,也好让春生不要再如此痴心,把年纪等过头了,真的要娶不上媳妇了。

没几日那个前村的焦大就托人来做媒,媒婆说得天花乱坠,嫂子很高兴能结这样根正苗红的亲眷。啊,还是党员,当点小头目,太好了,兰贞还没说什么,她就在旁边眉开眼笑满口答应了,一路把媒婆送走以后,还顺手把媒婆带来的几尺花布也收了起来,说:这布花头好看,正好给我做件衣服穿。好在兰贞也不是没穿过好的,也就随她拿走了。兰贞反正心如死灰,不是焦大也会是李大吴大,又有什么区别,随她嫂子张罗去。只要离了这个家,嫂子称心,也就是了。但愿春生知道这个消息,可以死心,把自己放到一边,好好地过自己日子去。

嫂子巴不得兰贞有人接收,在家白吃白住,粮食这么金贵,心疼死了。连忙挑了日子,把兰贞送过去。焦大没有什么钱,酒席什么的一概没有,只有一帮看热闹的乡人在旁边打趣焦大。兰贞也不理会,冷清些好,热热闹闹地嫁给一个不相干的人还要演一天的戏多么可笑。兰贞始终目光呆滞,不发一言,有时想想这一出,自己是在什么样的状态下嫁过来的,都记不得了。只是春生那个背影,时时想起来心酸无比。那天虽没有什么仪式、酒席要应付,可是兰贞也没吃下什么东西。到半夜闻到焦大身上的味道,她吐得翻江倒海,眼泪鼻涕横流,在床上躺了几天才下地。

日子像生了翅膀自己会飞一样,一转眼的工夫,生了五多,自己两鬓也跟着斑白。春生也偷偷来看过她几次,兰贞心意坚决,他失望而返。过了几年春生听母亲的话娶了媳妇,生了孩子,这事也就过去了。

跟着焦大这么些年,运动也不多不少,倒真的没有人敢来翻旧账。焦大的老婆,自己骂得,别人谁也骂不得。不然爆炭一样的焦大不跳起来把你骂个臭死才怪。就为这一点,兰贞对焦大还是好的。隔着这么厉害的一个嫂子,兰贞也很少到哥哥家去走动。倒是焦大有点权的时候,嫂子上赶着来,"妹夫妹夫"叫得兰贞恶心。

后来运动时代也过去了,焦大闹了多年的革命,除了混个党员身份,村里选支书时有人拨支烟给他抽,什么都没落下,家里还是穷得叮当响。分田到户以后,种些田也只够糊口的,家里的用度还要兰贞做些手工来贴补。其实这么多年,焦大并未看清过老婆的心思,他只骄傲讨了个俊俏媳妇,人人可以对他刮目相看了。他浑浑噩噩一辈子,从没有细想过兰贞怎么会嫁给她,只晓得不高兴便骂娘,高兴时乱哼毛主席语录歌。村里也不是没有人觊觎兰贞,可是兰贞不是那样的人,既跟了焦大,就算他再丑些,出格的事情是决计不做的。

老了以后,焦大脾气只有更坏。又爱吃酒,吃过了头更是无人不骂。儿子五多比焦大更古怪,四十多岁了,也不成家,天天在外面和朋友瞎混,也没见他赚多少家用,天天无事忙。焦大张罗着给他相亲,五多说:你自己讨了做小老婆吧,我可不要。焦大气得要骂娘,又想起来骂他不就是骂自己嘛,只得悻悻随他去了,再不提让他娶媳妇的事情。唯一值得兰贞欣慰的,是前头那三个孩子,都有了出息,也辗转打听到她,认下她这个娘。过年过节的还带钱带东西来。

一个薄有秋意的早晨,兰贞坐在这间几十年没有变化的老屋子里,想想前半生的事,真如看了一场别人演的电影。连气都来不及叹,日子已经如暗流一般偷偷地潜去无痕,懵懂间自己已经是垂垂老妇。现在的兰贞枯瘦的手上唯一的首饰是那个旧的银镯子,即春生给的镯子,想了几次,到底也没有还回去。金也戴过玉也戴过,没想到最后留在身边的是这支普通的银镯子。难怪乡人坚信,一个人吃多少用多少,都是注定的。兰贞戴起老花镜,对着窗户亮光把线穿进针里,拿起一串珠子串起来,不过赚点油盐钱,活着一日,就要做一日。庄稼人,一辈子也就是这样吧。

隔世

一、重逢

夜幕深垂，北风一阵紧似一阵，裹挟着细碎的雪花落在大红棉袄的前襟上。每到冬天，周边的草木都褪尽颜色的时候，她就钟爱大红大绿孔雀蓝这样颜色饱满的衣裳，好像可以给萧瑟的灰扑扑的空气与时光，增添一丝生气。大雪天穿红更是理所应当的。生活在钢筋水泥丛林里的人，只有回到这座小城，看到熟悉的站台名，才寻回一些归属感。

半生都在路上辗转，从来没想过要安居于某处。只是想着老得走不动了，要回到这里，离人民路的法国梧桐绿荫近一些，找一所清静的小屋子静静老去。倦鸟终要归巢。她对世界充满幻想和好奇的时节，都在这座十八线小县城度过。

无数个深夜，或炎夏午夜暑气渐收，或隆冬朔风凛冽如刀，或秋水长天数星斑斓，她独自穿过悠长的沿江公园绿化带，还唱着小曲。转角处文艺女青年开的服装店里，尽是破洞和毛边的衣裳，这曾经是她的最爱。

当然老火车站旁边的横街,住着城里最古老的原住民,老爷爷老奶奶们老得不知年岁了,颤颤巍巍走下破败小楼房嘎吱作响的木楼梯,和小贩讨价还价。她那时是十指不沾阳春水的女生,偶尔随母亲来此处买些小菜,饶有兴味地游走在这烟火人间,像个观光客,白棉布裙子在黄昏渐暗的日色里逆风逆光飘散,晚市里弥散着糯米藕、绿豆饼、炸年糕片、米粉粿子的气味。

她一直是个观光客,对人群有永恒的疏离感,许是从小张爱玲和亦舒看得太早了,对世情,总有种天生的洞若观火的精准直觉。于是做什么都带着三分懒散和不恭,长长海藻般卷发散落在腰际,满额都是细碎小卷,喜欢低着头走路,总惹得他要腾出手去为她收拾碎发才能露出额头、眼睛来。

雪花越发密密层层地翻卷,她站在风里,拿手护住额头,四下寻找那个说好要来接她的人。车灯胡乱地扫过她身边,熙攘的人群中飘散着此起彼伏的方言。

那是十年前或者更久一些的一场大雪了吧?记忆有些模糊,仿佛被大风刮走的月光一样,只剩下些零星的碎片。十年纠缠,十年离散,记性太好是一种负担,于是认真地学习忘记。只记得自己穿着粉色的棉袄、白色的裤子、粉色的靴子,独自在雪地里走,一路走一路哭,觉得天地苍茫无处可去,那唯一可做的就是把粉色的靴子在雪地里踩脏吧。她一脚一脚踏进泥水里,那是她最心爱的靴子。他从后面急急追上来:"回家吧,别哭了,乖,别哭了。"她头也不回走了,年少的时候真是决绝和骄傲啊。说走就走,绝不拖泥带水,哭死也不肯回头,骄傲比什么都重要。不像现在,做任何决定都困难,做什么都瞻前顾后,总疑心自己记性太差,好像遗落了什么重要的东西。

是什么时候惊觉老去的呢？不是镜子里初生的华发，不是眼角抚不平的秋意，亦不是一去不复返的尺八腰身，而是每天时间都不够用，整个人迟钝下来，动作节奏慢下来了，一年一年过得特别快，好像打了个盹儿，秋天就过完了；香椿芽炒蛋都没有吃两次，春天又过完了。年少的时候，三年五载就和一生一世那么长，时间永远多得用不完。所以从前的日色特别慢，特别经用。

出站的一拨人潮走得差不多了，她换了个显眼的位置，给这个素未谋面的滴滴司机打电话，电话忙音。露在外面的手指已经要僵掉了。一辆白色吉普在她面前停下来，也来不及细看车牌，就上了车。车里温暖如春，还有难得的清新气味，对气味无限敏感的她，顿时放松了戒备。在一切公共交通工具里面，她都是屏住呼吸能坚持多久就多久的。上了点年纪，所有感官都开始退化，唯有嗅觉不退反进。对陌生而不友好的气味，始终无法忍受。如果不是大雪封路，也是不肯坐火车回来的。这部滴滴车，气味非常友好，倍觉庆幸，在快冻死累死的时候，闻到了清新舒心的气味。

四下看看，坐垫也很干净，米白色的亚麻垫子，当真难得，邓丽君的《何日君再来》柔柔腻腻地缠绕在耳边，刚才在雪地里的疲惫一下子丢盔卸甲而去，她有点恍惚，这是到了哪里？喜欢听邓丽君的歌是件很暴露年龄的事情，她实在倦了，靠在一边闭目养神。

下一首是《十年》，陈奕迅真是陈医生，往事被他手起刀落割裂，回忆纷至沓来，故事情节汩汩地流出来，挡都挡不住，脑中闪回过去很多离别的画面，在车站，在机场，在校门口，景物历历，那人的面目却是模糊了。那谁说的：让记忆里的人，活在记忆里吧，这是你们之间最好的距离。她加了一句：直至失忆。

她想起最后一次她抱住他的肩膀，说："我爱你，很爱你，直到我不爱你的那一天。"对，就是这样，那时以为不爱是不可想象的山崩地裂般的惊心，以为失去怀里这个人便没有办法活下去，前行的每一步都成了黑夜迷途，不再有曙光，不再有人牵着你的手走过孤独长夜，认真得可怕。

要很久很久以后，才明白人生由始至终就是一场天涯孤旅，你怎么能奢望由始至终都是他在你的身边，而不是别人，他曾经与你共享彼此的孤独，已经是十分难得的际遇。

也是忽然有一天，发现记忆中就像星辰大海般重要美好的他已经面目模糊，再也不能在人潮涌动的街头一眼认出来。他可能数次与你擦肩而过，而你浑然不觉只当路人甲一名。原来凡事最怕认真两字，认真地去忘却，也是可以忘却的。

一曲《十年》唱完，到家了。她起身下车，前排的司机也下车去拿后备箱的大箱子。已是午夜，她又困又冷又累，继续用手护着前额，有些迷糊地从温暖的车里伸出一条腿，长裙下摆马上落满了积雪。

刚一探头，看到路灯下，有一个曾经无比熟悉的以为化成灰也会记得的侧脸。此刻他已拿出大行李箱，站在灯光下，一言不发，静静看着她，像一座雕像。这时她才看到车牌，尾号根本不是滴滴车。她上错了车？要不要这样开玩笑啊，这样漆黑的雪夜，在家门口的路灯下相对无言，满天雪花继续飘舞着，她努力搜寻读了那么多年书攒下来的汉语词汇，却发现没有一个可以帮上忙的。说好永不再见的人，当然没有任何备用寒暄可以拿出来用。

怔着的十秒，或是二十秒，像二十世纪首次约会的等待那么漫长。她第一次嫌自己活太久了，这样诡异的事情也能碰上。他不是在大洋彼岸吗？不是已经在那里落地生根了吗？怎么会突然出现在此时此地？像一个突如其来打开的梦境，让人迷失，分不清是幻是实。

风继续吹着，她的脸都冻僵了，刺骨的冰冷流进了脖子，探出手去摸一摸，满脸都是泪。电话铃声及时响起，打破不知该说什么的沉默，清脆地告诉她这是真实的情境，两个人同时按掉了电话。路灯下他眉目俊朗依旧，岁月好像对他特别宽厚，没有让他变成脑满肠肥发际线后退的中年人。

风呼啸着过去，把头发吹乱了，发丝横在脸上，他的手自然地伸过来，想替她拨开乱发，这个熟悉的小动作穿越了二十年的光阴而来。她把头一偏，躲过去了，从手腕拨出皮筋来草草捆好头发。他们的时间与缘分，早就用完了，连这个雪夜的重逢，她都不想再追究是偶遇还是有心的等候，是大雪带来的幻象还是他带来的漫天风雪。

忽然想起《金刚经》里的句子：一切有为法，如梦幻泡影，如露亦如电。她与他，已经是隔世了，回不去，得不到。他的青春俊朗，她的年少芳华，像雪花一样多和美的前尘记忆，落地也会化尽。她腾出一只手护着额头，另一只手抽出箱子的拉杆，往楼梯口走去。信守承诺，不再回头。

通过这一言不发的重逢场景，遍读张爱玲的风妍才知道《半生缘》里，曼桢与世钧在若干年后相遇，曼桢说"世钧，我们回不去了"这一句是需要多少力气才能说出口，又是多么令人断肠。明知道回不去了,还要在此地守着,可除了守着,还有什么比目送你归去,余生与你无干系,更残忍的事情?

二、回望

这句死生不复相见,是当初分手时沈风妍说的,她还记得自己当时脸上那种决绝的表情。年轻气盛,说到做到,怎么好意思示弱呢?哪怕说完心碎成万片,也不肯回头。

风妍打开了门,一屋子都是没收拾的小妍的玩具,他们早早睡着了。这样的风雪之夜,也不去吵醒他们,风妍开了次卧的空调,轻手轻脚地洗漱,担心弄醒警醒的小妍。

十年间,唯一不变的,是她的电话,用惯了,走过许多城市都懒得去换。他是世间难得从小卫生标准和医生一样苛刻的男子,后来也真的成了医生——心理医生,天天和半疯的人打交道,什么话都不用说,听他们讲,就可以收钱,当然也开药方。在这个快节奏的时代,抑郁症和狂躁症多得不可计数,他的私家诊所生意很好,他会引导睡眠,有些人专门找到他就是为了在治疗室睡觉,深深睡一觉,什么都不说,然后付钱走人。

大家都是很好很好的人,谁都没有什么错,可是机缘错失,居然就那样走散了,再也没有挽回的余地。过去十年,大家各自结婚生子,老死不相往来,但是谁都知道,从相背而去奔赴各自的生活开始,心里有一部分已经死亡。彼此都是心底的一根刺啊,留着,遇到熟悉的旧时光里的场景,会隐隐作痛。但拔掉,既舍不得,也怕疼。于是秘而不宣的心思,藏久了也就能与它和平相处了,看似不再执着于得失。

　　这些年奔波太甚，风妍的出差是飞在天上的时候比在地上多，跑遍欧美，连印度都去过了。非洲那样的不毛之地暂时没有客户，可以不去。心脏有些抗议，常有隐痛。工作多得来不及做完的时候，当然也会累得睡不着，累到失眠，也没有力气吃饭，褪黑素吃到后来一点效果都没有了。

　　满脑子都是像战斗直升机一样嗡嗡盘旋不能落地的案子，闭着眼睛，脑子却像失控的机器完全停不下来。毕竟不是十八九岁了，失眠日久，身体吃不消，白天如在梦游状态，开车都觉得眼皮沉重，单手打方向盘，另一只手托着额头。

　　精神不好，脾气自然也不太好，所以把小妍交给他了，独自睡小房间，睡不着的时候开一盏小灯看书到凌晨。志远是世间罕有的那种无心无事的人，头一沾到枕头就会睡着，天雷滚滚他也不会醒。几十年如一日的木讷、寡言、耐心、细致、稳妥、可靠。规划长远。结婚七年了，他的时间表跟瑞士表一样不出差错，做什么事都是按部就班，按照计划努力，没有意外，也没有惊喜。

　　她习惯于付出，也不索要什么回报。只要小妍高兴就好，女儿是亲生的嘛。疲惫生活的英雄梦想，只剩下小妍高兴就好，别的都可以忽略不计。活到中年，忽而发现没有什么东西是特别重要的、不可替代的，除了小妍。世间唯一不能替换的角色是父亲和母亲，所以无论沈风妍多忙，哪怕只有十二小时的休息时间，也会从机场赶回家陪她一会儿再继续出发。这个生命因为她的决定而来到世间，她要对她负责。

　　十五年前的薄秋，空气里满是烦躁的燠热，沈风妍带着大旅行箱走进了这个小县城第一所私立贵族学校。起初，沈风妍籍籍无名,而这个学校的孩子多半有着显赫的家世。她不过是工薪阶层家庭的孩子,因为成绩优秀被招进来。学校只准穿校服,于是爱炫耀的女孩子们的漂亮衣裳只有一个月放一次假的时候才有机会穿。一般都穿白T恤和肥大的毫无性别特征的运动裤,出操的时候每个人都没有辨识度,这大概就是学校想要达到的效果吧。

日复一日高强度的刷题生涯,同学们埋首书堆,青春期真的不太好过。沈风妍小时候在山里外婆家长大,喜欢山野的清风,学校建在城郊,依稀可见些小山包,校园的树都小得可怜。校舍倒有非常精美的民国风范、中西合璧的独特风味。

思绪断断续续,像漫天风雪一般,风妍从书架上拿下来一本书,钻进被窝,希望能早点睡着,心底虽然晓得那是很难的了。

脑中不断闪回的场景,根本不受控制。十七岁的时候,叛逆忧伤的少女坐在足球场里看他发呆,球场上他是风头最劲的男生,17号球衣明晃晃的,性格开放的女孩子在草坪边上尖叫着为心爱的男孩子加油。

他不是那种五官特别俊美的男生,但是有一股子少年桀骜的英气,高挺的鼻梁,小小的眯眯眼,一米八的身高,完美匀称的身材比例,又有运动天赋,要不是父母拦着,他早就被选上做飞行员去了。那时候心仪他的女孩子还真不少,他的白衬衫从来不用自己洗。

沈风妍自然也是骄傲的女孩子,年级前三的成绩足以傲视群雄,前十名里面只有她一个女孩子,而且发挥永远稳定,不受任何干扰。大家在各自的空间活得甚是平安,直到他往她抽屉里塞了一首小诗,自修课的时候说服好多同学把座位换到她后排。哪怕不转过头，她也能感受到这种桃花灼灼开遍天际的巨大能量。沈风妍没有跟男孩子打交道的经验，装作不懂这么明显的示好。事情以绯闻独有的速度传播，他们终于被约谈了。

班主任的所有问题风妍都没有机会回答，因为他都替她答复了，并且他自作主张跟老师保证，谈恋爱不耽误学习，他也要进前十。风妍连反驳解释的机会都没有，就被他拉走了，就这样匪夷所思地成了他的初恋女友，他昭告天下以后，反驳也失效了。风妍只好什么都不说，只管被爱着就好。

摩羯座的男生做什么都非常认真，谈恋爱也是如此。所有青春期初恋的招数他全部都有，这让沈风妍很疑心他这个初恋是假的。后来才知道他身后有全班男生做智囊团。他在男生群体的号召力，是不容小觑的。哪有女生抵挡得住这样的攻势？沈风妍也乐得被宠爱着，只要月考成绩好看，班主任也睁一只眼睛闭一只眼睛，不管他们。

那两年大概算是一生中最美的时光吧。沈风妍追问过，为什么会喜欢她？在女生堆里，她个子娇小，也不爱说话，他是怎么慧眼识珠的？他一贯说一堆俏皮话来应付，什么她矮得很可爱啊，什么她长得比他白啊，什么她读英文又快又好啊。内心羞涩的摩羯座打死都不肯说出的真正原因就是他已在暗处观察了她足足三百天，她的一颦一笑无不牵动他的心思。情动和心动始于何时，他根本不知道，也根本不知道到底喜欢她什么，只是觉得她哪里都很好，全无瑕疵，连愁眉苦脸都非常动人。

大概初恋就是这样盲目吧。情窦初开，惶惶然不知所措，事后回想起来，连这种惶惑不安也都是甜蜜的味道。因为之后的情节太过密集,他几乎来不及招架就把它们丢进了生活的洪流之中。然而他的前半生,初恋的美好底色,由沈风妍赋予。人总得凭借一些温暖的底色,才能活过中年的沧桑。

小情侣在高考过后开启了双城记。乘火车一站的距离。彼时的绿皮火车足足一个小时才能抵达,他风雨无阻,来了四年。风妍参加一个剧社,演洛神甄宓,尽管霓裳羽衣都不过是租来的行头而已,但是青春是那样动人,灯光一打下来,这惊鸿之姿,肤光胜雪,顾盼生辉,任是无情也令人永生难忘。

多年之后,听到春生幽幽地唱那一首《相思赋予谁》:"翩跹霓裳烟波上,几时共饮长江水,而今夜雨十年灯,我犹在顾念谁,一番番青春未尽游丝逸,思悄悄木叶缤纷霜雪催,嗟呀呀昨日云鬓青牡丹,独默默桃花又红人不归……"单曲循环听着,还是会想起那个有霓裳羽衣的夜晚,风妍的羽衣,亦是他心底无法磨灭的风景。

时光一如既往,顾自长了翅膀飞去。四年好时光倏忽而过,他的老母亲发话了,他毕业要留在她身边,哪里也不能去。而沈风妍自然不肯再回小县城——那里连个专业对口的工作都不会有。那里最好的不过是考个公务员,守着一个格子间埋头做文件。沈风妍是沉默内向但是很有主意的人。他不说来,也不说走,这种选择题是个男人都选不了。于是就这样僵持着。

那时沈风妍已经知道他们的未来微茫不可期。静静在自己的城市落户,工作,租房子,挤地铁,不指望谁会来搭救你。从小没有读过《灰姑娘》的人,只相信自己是自己唯一的救赎。

渐渐地他来得少了。当然他们也有过激烈的争吵,愤而出走,相拥而泣,分手又和好。他的俏皮话越来越少,也越来越沉默。年少痴缠的感情,耗尽了彼此前半生所有力气。

甚为安慰的是,沈风妍有一份可以全世界飞来飞去的工作。忙碌是失恋最好的解药。看过更多的世界以后,当初出走的小县城,越发像另一个世界,充满世俗的人情味、烟火味,也充满毫无界限感的关怀和干涉,乃至束缚。

她生性恬淡,从小到大只要有一个女朋友就觉得足够了。她喜欢简单安宁的世界,一本书和一杯茶就可以过一个周末。那个装满了无数窥视的眼睛的世界,那个充满了应酬饭局的世界,让她觉得倦怠,一年一次尚可忍受,日日如此只怕不堪忍受。像老母亲的唠叨,经年不见,听着也就听着,日日反复,超过三天,那么只剩下逃跑一条路了。

犹记得从别人口中知晓他订婚的消息时,她正在像沙丁鱼罐头一般的地铁里,呼吸着污浊的空气,觉得自己的前半生,从此可以画上句号了。从十七岁到二十七岁,这个耗尽了她所有眼泪和欢笑的俊朗男子,以后会是别人的丈夫、别人的父亲,从此和她没有关系了。

那如万箭攒心般汹涌而至的痛,像无数走投无路求告无门的热锅上的蚂蚁,而她的心则像刚刚打完仗的万里焦土,寸草不生,仅剩的一口气在寒风里化成一缕烟。以至于十年以后,听到这首《相思赋予谁》,每字每句,都像为那段逝去的感情做的留存,单曲循环,一唱三叹,开始部分的鼓点宛若最初被表白时的心跳,中间的一唱三叹是分分合合的十年青春,最后一声叹惋:你说相思它赋予谁?中年人的时间永远不够用,连追一部美剧都腾不出时间来。眨眨眼睛的工夫,三五年就过去了,还有什么相思的闲情? 不过就是上班途中的单曲循环时刻而已。

人要花多少年,才能对自己初次心动的人完全释怀呢?这是一道无解题。春生那一副好嗓子一开唱,往事依然如烟花绽放在脑海,比电影更清楚明白:当年洛神头上的牡丹,是他亲手簪上的,烟霞灿烂的汉服的长下摆,上台之前也是他亲自俯身去整理的,纤纤十指上的红色蔻丹,也是他亲自涂的,为此他还练了好几个月。胆小而毫无舞台经验的沈风妍,在他的注视之中,长成一朵艳惊四座的牡丹。

那是这段恋情的巅峰时刻,那些舞美灯光营造的仙气飘飘的舞台效果,像是给了他们一场梦中的婚礼。那个写《洛神赋》的痴心人曹植,不经意之间造就了一场穿越古今的表白。他在耳边喁喁细语:其形也,翩若惊鸿,婉若游龙,荣耀秋菊,华茂青松……很久以后,风妍开始相信所有的相遇都是注定的,所有的离散亦是如此。愁肠百结,心碎万片,在命运的大手面前,皆如此缥缈如鸿。

每个人的前半生,都有这样刹那美得不像现实的时刻吧。如果没有他,那一晚的沈风妍不会这样倾城。可惜越是美丽的东西,越如梦幻泡影,转瞬即逝。离别十年间,需要几多无尽无眠的长夜,才能恢复安心的睡眠,竟是记不清了。有时候在另一国的曙光中醒来,脱口而出他的名字,还是会愣上半天。

分手之后,沈风妍没来由地有了些老年人的爱好,听越剧、昆曲,去看白先勇排的青春版《牡丹亭》。身高一米九的男花神,丰神俊逸,举着高高的经幡,在舞台上游走,一句台词也没有,一个笑容也没有,完美诠释着"任是无情也动人"这样的句子。看得多了,渐渐发现,《牡丹亭》之所以如此经典,是因为其间蕴藏着青春涌动的无畏孤勇、天地惊鸿般的美丽相遇、情不知所起一往而深的万古谜团、死生契阔不离不弃的执念。这是一场庄生晓梦亦真亦幻的初恋和绝恋,在花神的安排下,浪漫相恋,跨越生死,所有爱情的浪漫桥段都集齐了,人间还有哪一种热度的感情可以与之比肩?牡丹亭上三生路,莫使相思空相负,难道不是所有热恋中的人永恒的心愿吗?可惜此情不渝的爱情永恒稀少,只能在舞台上找到。

更多时候,沈风妍比谁都明白通透。要在人头攒动的大城市扎根下来,忘掉这些无益身心的往事是最好的选择。那谁说的,回忆里的人最好的去处,是要他永远活在回忆里。

沈风妍所不知道的是,他曾经自我放弃的那一段时间,痴肥到两百多斤,那样爱美的男生,胡子拉碴,发如飞蓬,身上挂满游泳圈,自己给自己开抑郁症的药吃,却完全不管用,一径胖了许多年。是什么时候开始痛定思痛要瘦下去的呢?好像是某个暮春时节在街上乱走,远远看到风妍与小妍牵手散步,她风姿更胜从前,小妍也是如同雪娃娃一般可爱的孩子。

刹那间的心神震荡,让他决意不再自我放弃。生在这人世,有这样美好的人存在着,并且曾经与你相爱如斯,你就不该辜负余生的每一天。风妍每年都会回来几次,城市这么小,狭路相逢的机会很多很多,何况还有高中同学会指日可期,他忽然像变了个人似的,恢复夜跑、踢足球,戒掉烟酒宵夜,把对人生的倦怠失望都扼杀在疯狂的步伐里,空军的身材终于回来了。

每个人心底都有一个死穴,每个人心底亦有一根软肋,每个人心底亦藏着不为人知的黑洞。沈风妍好像是他前半生所有的软肋。说好死生不复相见,他还是会忍不住去关注她的所有消息,在朋友的朋友圈看到她在全世界奔波忙碌,居然可以整理出她的年度行程。

木讷寡言的摩羯座男子,用对待专业的无限耐心和毅力做这件事,因为无法放下,所以选择了放弃,继续默默关注。高中同学多半与沈风妍没有联系,她自小就是三毛一样热爱自由的女子,也是像三毛一样蔑视世间所有规范的女子,也许天生就适合浪漫激烈的情感,那些普通人之间的温暖叮咛、泛泛之交,她全不放在心里。

他亦无法揣测,分手之后沈风妍需要多久才能恢复元气,去找那个值得与她厮守一生的人。他来自严谨刻板传统的家庭,容不下这样的反叛,所以老母亲才在他毕业的时候逼他做出选择。接受家里的相亲安排,在二十六岁结婚,二十七岁生孩子,三十岁开诊所,直至人生好像水粉画上凝固的颜料一般板结和了无生趣。

在众多的女孩子里面,挑了一个个子小小、皮肤雪白、脸蛋圆圆的女子做妻子,从不妄图知晓她喜欢他什么。他所有的青春和热情,已经燃烧殆尽。女儿像他,黑黑的皮肤,瘦瘦高高,眯眯眼,脾性也很倔强。那么时间是怎么样一晃而过的?如果没有见风就长的孩子在边上提醒你老了一岁,又老了一岁的话。

这种雪夜相遇的戏码,其实发生过很多次了,因为知道她的行踪,这部白色吉普时常停在不远处,只是远远看一眼,就转身回去。很多年前,当他们热烈地讨论以后的婚姻生活时,沈风妍说,要有一部真正的吉普,而不是街上那种抬高底盘的城市SUV,要有着蠢萌的圆形大灯、极淡的轻纱一般的天蓝色漆面。沈风妍是个想象力超乎常人的人,任何事物,一经她描述,一幅可以触摸的画面,就在你眼前徐徐展开,色声香味俱全,让你知晓,人间原来有那么多美好的事物值得追寻。

后来他买的第一部车,就是沈风妍所描述的这一部吉普,就是他手中开的这一部,开了很多年,舍不得换。这一次戴着口罩开到她面前,实在是因为风雪太大了,他不忍心看她在风雪里等下去。那个有着小小白皙脸庞的女孩子,数十年如一日是他心头的朱砂痣,他怎么可以让她在风口里这样站着呢?

三、隔世

沈风妍一毕业就认识志远了,当时他只是公司一名沉默寡言的小职员,呼朋引伴这种事不会发生在他身上。他每天都安安静静地上班下班,加班吃泡面,斯斯文文、瘦瘦弱弱、秀秀气气的,不像公司里其他工科出身的男子,粗枝大叶,衣裳领子永远没洗干净。志远连讲话都带着三分腼腆,细声细气,从来没见他跟谁发过急。而在工科男生里面,他的所有东西都近乎有强迫症般的整齐和干净。

他的案头物品永远分类明晰,按照标签随手取用,永不出错,稳妥得跟瑞士出产的手表一样精准、低调、务实。衣服永远是衬衫和圆领 T 恤,却永远干净,你不可能在他的衣服上找到什么没洗干净的酱油渍。如果非要说什么缺点,那就是他的人生宛如一张白纸,学霸出身的他,在大学里都没有初恋过。

但是命运把他推到了沈风妍身边。这个身上散发着很多男人梦寐以求的初恋气息的女生,在落入眼帘的那一刻,志远就知道这是他的白雪公主。可是他一直没有开口,因为沈风妍那段一直分分合合的感情,令他不敢贸然开口。志远是个很慢热的人,也是个万分谨慎的人。

许是沈风妍所有的热血,都在初恋中洒光了,所以当志远说"不如你做我女朋友看看"时,她也毫不心跳懒洋洋地说"好啊"。没多久他们就结婚了,没有婚礼,没有酒席,只有旅行,更像一种避世的行为艺术。挑了一个人迹罕至的海滩,晒了一周的太阳。她连婚纱都没有挑一件,没有闺密知道她什么时候结的婚,她只是把人带回小县城,告诉她们,这是我丈夫。她的特立独行,在结婚这件事上做到了极致。父母都没有时间和机会发表意见,她就成了已婚妇女。

好在志远是老人见了都会喜欢的类型,他的干净、寡言以及又恰到好处的体贴和温柔,能令所有人对他托付心事。就是风妍妈那种得理不饶人的老阿姨,见了志远也只有说好的份儿。志远更像沈风妍勤劳和讷言的老父亲,总是给女儿默默安排好一切,不多问一句。

大概以极低的期望值进入婚姻,算是一种幸运吧。没多久沈风妍生了小妍,才发现志远的好处绝不止苛刻的卫生习惯那么简单。他会安排好所有的大小事务,你可以专心做自己的事情。小妍六周岁前,所有的阅读课、兴趣班、早教班,都是志远陪着上的,他的好耐心和沈风妍的漫不经心性格超级互补。沈风妍这才发现上帝很厚待她。这是一个可以成就她的男人哪。

恋爱只是恋爱,婚姻里却有无数琐碎的一地鸡毛的事情,而他干净得连姻亲都没有,很多地方都不像这个热闹尘世的凡人。反而是沈风妍家里无数攀藤牵枝的亲戚常惹得她头疼,现在有了好脾气的志远去应付。志远会安排好一切,如旅行、家事、财务,甚至连双方父母的高血压药都安排好了。不需要她操半分心,她负责做自己就好。

雪夜相遇之后,沈风妍还在机场见过等在那里的他。刚开始是心软的,当初决绝而去的是自己。可是日子越久,越发现彼此的不合适。生活没有交集,唯有回忆。而那回忆,刚好是大家都想避开的痛苦的部分。当初有多美好,现在就有多痛苦。

真正令他们有了隔世之远的是一件与沈风妍无关的小事。她从朋友的朋友的朋友口中知道,他要生二胎了,随口恭喜了一下。他淡淡说,前不久查出来是女孩子,就没有要,因为父母想要男孩子。听到这句话,沈风妍全身的热血从头顶凉到了脚底。庆幸这段没有结果的异地恋成就了现在的自己,不然被逼着生儿子的那个人就是自己了。那一刻,心里的不甘不舍和留恋,统统死得透透,从此可以轻装前行,不再回首。

从说出分手,到决绝而去,到真的相背而行,不再回首,花掉了又一个十年。这十年,他已经退化为青春相片里褪色的男主角。而她则蜕变为更加成熟美丽和有目标的人。人生还是到处充满了狭路相逢的机会,可是沈风妍知道自己不会再回首了。隔世之远,是最好的距离。

经过漫长十年,她终于明白,一切都是最好的安排,爱一个人,重点不是占有、留存、纠缠或相守,而是让人成长,让生命沉实。从头到尾,它是这样脆弱、缥缈甚至不可言说。如果一定要以书面语描述的话,爱情这个东西或许永远都是无边暗夜里闪耀的星辰,遥不可及。但是它亦始终在天空一角灼灼闪耀,像颗永恒的星星,不会陨落,不会黯淡。它亦如山间清风,拂过时间无涯的荒野,让平淡的人生滋生出生机勃勃的可能。它是人生步步荆棘中丛生的馥郁玫瑰,是历尽劫波后片刻风平浪静的大海,是所有疲惫生活之后仍坚持的英雄梦想。它也以多种表达方式存在于世间,有时是火焰如初恋,有时是冰山如志远,无论遇到的是哪一种,遇到了,就是幸福的。

偶尔还是单曲循环《相思赋予谁》,听过所有的版本,还是春生唱的最为动人。但是那歌词里的平生,早已不是她的平生。沈风妍是少数的被一场烟火婚姻治愈的人。

亦舒说得对,人们所爱的是一些人,与之结婚生子的是另一些人。